Jamba the Elephant

大象贾巴

〔美〕西奥多·瓦尔德 / 著

秦鹏 / 译

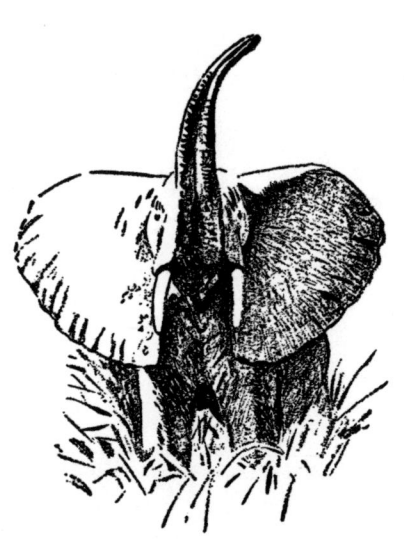

图书在版编目（CIP）数据

大象贾巴 /（美）西奥多·瓦尔德著；秦鹏译. --
重庆：重庆出版社，2024.8
ISBN 978-7-229-18717-0

Ⅰ.①大… Ⅱ.①西…②秦… Ⅲ.①儿童小说－长
篇小说－美国－现代 Ⅳ.①I712.84

中国国家版本馆CIP数据核字（2024）第099156号

大象贾巴
DAXIANG JIABA
〔美〕西奥多·瓦尔德 著　秦鹏 译

责任编辑：周北川
责任校对：刘春莉　刘　刚
封面设计：李楚依

重庆出版集团
重庆出版社 出版

重庆市南岸区南滨路162号1幢　邮政编码：400061　http://www.cqph.com
三河市金泰源印务有限公司
重庆出版集团图书发行有限公司发行
E-MAIL: fxchu@cqph.com　邮购电话：023-61520417
全国新华书店经销

开本：787mm×1092mm　1/16　印张：9.5　字数：110千字
2024年9月第1版　2024年9月第1次印刷
ISBN 978-7-229-18717-0
定价：28.00元

如有印装质量问题，请向本集团书发行有限公司调换：023-61520417
版权所有　侵权必究

"传世动物文学"书系(100卷本)简介

　　动物文学资源丰富多彩,被介绍到中国来的外国作品只是其中很小的一部分。到目前为止,图书市场上没有一套成系统、有规模地囊括世界各国动物文学的书系,"传世动物文学"书系就是要把世界各国优秀的动物文学作品,分批次、成系统地介绍给中国的少年儿童读者,让他们对动物文学的多样化有一个全方位、新鲜的了解。本书系计划出版100本。

　　动物不只是冷漠无情、凶猛好斗,它们也有天真单纯、优雅有趣的一面;我们也能发现它们的灵性与智慧,还可感受到它们友爱的家庭氛围,甚至被它们的自我牺牲精神所震撼。动物的世界是人类世界的缩影,动物的生活和人的现实生活一样,有着悲欢离合的故事,也闪烁着打动人的美德。读每一本书就是在森林里上一堂课,从这些森林课堂里孩子们会懂得许多有关人与自然的道理,明白人和动物不是仇敌,而是平等的灵魂。只有理解、尊重并爱护它们,才不会招致它们的误解,才会得到它们善意的回报。

　　让我们走向大自然,走进神秘的动物世界,近距离了解与我们同一片蓝天、同一个家园的朋友——动物。

译者序

西奥多·瓦尔德是美国著名的探险家，年轻时曾自告奋勇参加弗罗贝尼乌斯探险队前往非洲，后来又亲自组织并领导了其他几支探险队前往东非、刚果、阿尔巴尼亚和苏丹考察和探险。根据这些经历，西奥多·瓦尔德在《游猎》杂志上发表了一系列探险故事，并以此为基础撰写了多部动物小说。其小说内容真实，描写细腻，情节引人入胜，深受读者喜爱，自出版后好评如潮，畅销不衰，影响了一代又一代人对丛林的向往。《大象贾巴》就是作者根据在刚果探险时的一段真实经历撰写而成。

20世纪二三十年代，乌木（一种黑檀木）是刚果的主要经济树木，因其材质乌黑坚硬、厚重并带有淡淡的檀香味，成为世界高档家具的首选木材，其价值堪比黄金，被誉为"乌木金"。可乌木树生长在沼泽地，又因其重达数吨甚至十余吨，极难将它们搬运出去，毕竟无论是人力还是机器都无法在淤泥过膝的沼泽地负重前行。于是，"聪明"的白人统治者想到了非洲大象，由此它们成为了沼泽地搬动乌木的最佳工具。

非洲大象是野生巨兽，它们可不会乖乖地听从人类驱使，必须接受强化训练才行。这也催生了一种既光荣又危险的职业——驯象师。不是所有的大象都能接受驯化，青少年期的公象才行，太小的公象尚未完全脱离母亲的庇护，它们会因为离开母亲不知所措，继而因过于思念母亲，整天哀嚎绝食而死；已成年的大象行为习惯已经固化，再也难以驯化，故而也不行；只有已脱离母亲庇护，能独立生存且行为举止尚未完全固化的年轻公象才适合接受驯化。

当然，要驯化大象就得先捕猎大象。怎样捕猎大象呢？这就有了"驱象行动"，即发现象群后，数百人组成U字队形将整个象群围住，通过一些诡异的怪声，将象群驱赶到事先搭建的围栏陷阱里，再从围栏里把所需的年轻公象挑出，押往专门为它们设立的训练场接受驯象师一对一的训练。

黑人伊桑加是博农加村的族长，又是全刚果最懂大象的驯象师，有"大象的兄弟"之称。在他的组织指挥下，人们成功地把近百头大象赶进围栏。伊桑加年仅十五岁的儿子波米一心想成为像父亲那样的驯象师，并渴望拥有一头听自己驱使的大象。他爬上围栏的高墙，一眼相中一头大象，并给它取名叫贾巴。贾巴也好奇地看着小波米。从那一刻起，两条十五岁的生命就牢牢地拴在了一起，注定要谱写一段传奇。

波米恳请父亲让他成为贾巴的驯象师，但伊桑加和当地白人长官布里莱特先生因他还小，没有同意，而是给贾巴安排了刚果最著名的驯象师之一——跛了一条腿的贝卡尔。波米只是作为他的助手，在一旁协助他。

贾巴天生桀骜不驯、野性难泯，无论贝卡尔怎么努力，它都不为所动。看着一次次无功而返的贝卡尔，波米请求让他尝试一下，但遭到拒绝。于是，波米暗下决心，趁天亮到驯象师来到训练场开始一天工作之前的几小时空隙偷偷接近和训练贾巴。果然,在几次接触后,贾巴就接受了波米,也许两者的好感和喜爱在他们相见的第一眼就产生了,那该是怎样别致的一种一见钟情啊。贾巴的白天训练依旧由贝卡尔进行,可贾巴明显不喜欢他,在一次训练中将他掀翻在地,想用鼻子攻击他置他于死地。所幸他掉落的地方,贾巴的鼻子够不着,才逃过一劫,但他也折断了一只手臂。因此,贾巴也被扣上"难以驯服的大象"之名,族人强烈要求将它从训练场驱逐出去,放它回归森林。这时,波米勇敢地站了出来,成功地爬到贾巴的背上,并在上面表演各种动作,对此,贾巴一点儿也没有生气。可见贾巴是多么喜欢波米。就这样,波米取代贝卡尔,成为贾巴的驯象师。在他的努力和真诚感化下,贾巴终于成为一头训练有素的大象,成为一名优秀的乌木运输队成员,而波米也真正成为最年轻的驯象师。

对波米来说,一切都是那么幸福和光荣。灾祸却悄然而至。一天,当贾巴拖着一根近十吨的原木行走在伐木小径上时,突然,它变得有些心不在焉。当那久违的野象们发出的吼叫声响起时,贾巴再也无法抗拒。它发疯般地向那些声音奔去,不顾脚下的铁链和拖着的原木,也不顾背上的小主人波米,它只有一个愿望——回归象群。最终,它扯断了脚下的铁链,成功回到象群。

失去贾巴的波米一下子变得失魂落魄,并成为众人嘲笑的对象,他和伤愈的贝卡尔一样,只能等待下一次捕猎大象,训练新的大象,以此再证明自己。

新的驱象行动展开了,整个过程也很顺利,眼看象群即将进入围栏陷阱的走廊时,有两头公象却迟迟没有跟上,甚至在最后时刻调头了。性急的贝卡尔一时疏忽,从掩体里露出了身体,当即被那两头大象发现。它们当即发疯般地向他冲来。看着越来越近的大象,波米也陷入困境,他明白大象杀了贝卡尔后,转瞬就会发现他,他要逃,根本不可能。可他惊讶地发现,其中一头大象竟然是他朝思暮想的贾巴。眼看两头大象就要冲到贝卡尔的跟前,千钧一发之际,波米从掩体里走了出来,冲着贾巴大喊。两头大象闻声旋即调头,向波米冲杀过来。就在贾巴高悬鼻子,即将闪电般落下之际,波米的一声呼唤让它停了下来,它缓缓放下鼻子,并为他驱离了另一头公象,而后走到他的身边,将他卷起轻放在自己背上,随他回到博农加。

波米成功救下贝卡尔和带回贾巴被传为佳话,荣获至高荣誉——被授予伊桑加曾用的象刺。波米和贾巴又开始了新的幸福生活……

作为西奥多·瓦尔德最成功的动物小说,《大象贾巴》以其真实性和细腻性著称。无论是漫长艰苦的驱象行动,还是艰难、危险、细致的驯象过程,甚至波米与恶霸伊古尼之间的恶战,无不描写得绘声绘色,宛若身临其境一般,真实再现了非洲原住民朴实的生活。更重要的是,小说无处不透出人与动物之间的真情。万物皆有灵性,再野的野生动物也有友善的一面。善待身边的动物朋友,它们也许是你一生最真挚和最值得信赖的朋友。

目录
CONTENTS

被幽灵驱赶	001
被困！	010
猎象	019
驱逐	026
陷入陷阱	037
"棒极了！"布里莱特说	045
驯服愤怒	051
桀骜不驯者	061
不可救药！	072
当心！	085
砍伐乌木	091
野性的呼唤	103
森林小矮人	110
俾格米人的盛宴	117
再次驾驶	124
荣誉勋章	135

被幽灵驱赶

在壮丽的伊图里热带雨林边缘,沐浴着阳光的一片金合欢树和猴面包树的小树林,树林里一群大象正在觅食,时不时发出阵阵刺耳的撕咬声。一连数天,这群大象一直朝一个方向缓慢挪移。它们可不是主动前往的,而是被一种神秘、怪异的声音所驱使。对这些体型庞大的动物来说,这种声音是完全陌生和令其不安的。

这既不是野兽的叫声,也不是任何一种鸟的叫声,因此它让象群大为愤怒和暴躁。好几天来,象群一直在不停地移动,目的就是要逃离这种声音。

"嘿嘿!嘿嘿!嘿嘿!"

那可怕的叫声又响了起来!大象贾巴听得很清楚,声音像来自很远的地方,听上去很微弱,但又有很强的穿透力,像羽箭一样划破清晨清新的空气。

贾巴刚用鼻子扯下一根猴面包树的树枝,撕掉一大簇鲜嫩多汁的绿叶,突然被这个声音打断。它还是习惯性地把树叶塞进嘴里咀嚼,不过它的内心早已不再平静。那对从头向后伸展,几乎

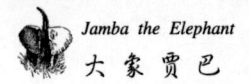
Jamba the Elephant
大象贾巴

完全盖住肩膀的宽大的耳朵慢慢向外支棱。贾巴聚精会神地倾耳聆听着,听那奇怪的叫声是否还会响起。

"哦,嘿!"

它又来了!那是一种凄厉的哀嚎声,徘徊了好几分钟才消失。它似乎是从大象曾走的那条距离很远的小路上传来的。它还有许多回音,先是一处,然后是另一处。

贾巴回头看了看其他大象。片刻之前,它们都还在悠闲地进食,每头象围着一棵树,忙着吃掉最嫩的枝叶。此刻,所有大象——差不多有一百多头——都突然停止进食,个个一动不动地侧耳倾听着。

在这个数量庞大的象群中,年龄段各有不同。其中,有身形庞大的公象,某些年龄已近百岁,它们的外皮上刻满了岁月留下的皱纹;有带着孩子的母象,母象紧挨着它们的孩子,以便随时保护它们免受伤害;当然,还有像贾巴这样的年轻大象,虽然它们早就不在母亲的身边,但都还未成年,有的已长出了长牙,在躯干两侧呈月牙般向上翘起,还有很多根本没有长出象牙。

每头大象都呆若木鸡地站着,聆听着。

怪异的声音再次响起,从它们身边不同的地点传来。伴随着惊悚的叫声,不时还有一种轻柔的、空洞的敲击声,像两根木棍在互相敲击。

贾巴既不喜欢呜咽的哭声,也不喜欢轻柔的敲击声。这些声音令它惶恐不安,让它对周围的一切充满了怀疑,即便是富含丰富绿色草料的觅食场,也让它深感不安。贾巴决定继续前行,试图摆脱一路追踪的神秘声音。

被幽灵驱赶

多少个日夜，那如同幽灵的声音无时无刻不在萦绕着它和它的同伴。在这段时间里，这群惶恐不安的动物一个紧接一个离开了觅食场，试图离开笼罩在它们头顶的神秘声音。它们穿过了一片片宽阔的平原，平原上只有随风摇曳的青草和长满刺的灌木丛。它们穿过含羞草、榕树和竹子相互缠绕的丛林，在丛林中的小径上寻求庇护。它们在长满珍贵乌木的泥泞沼泽里步履蹒跚，然后涉过溪流，翻越山丘。

这些如同幽灵般的声音依旧一路尾随着它们。难道就真的无法摆脱吗？尽管它们看不见、摸不着、闻不到，却像乌云密布的天空中那轮炽热的太阳一样真实。

透过阳光普照的林间空地，贾巴看到象群的首领正蓄势待发。作为象群中最强大的大象，它是一头充满了岁月沧桑和智慧的公象，它只有一根长牙，另一根在很久以前被一棵大树折断，这使得它的外形看上去有点奇怪、不那么对称。

好一阵子，首领一动不动地站在原地，努力地嗅着微风，试图捕捉到一丝气味，同时用敏锐得令人惊叹的双耳倾听着。不久，它转过身来，缓慢地走开，迈着轻松、毫不费力的步伐，显得淡定从容，派头十足。

象群无须指挥，或两头或六头或十头一组，立即转向，紧跟首领身后，小象则紧靠在母亲身边小跑。贾巴和其他大象也一起加入其中，找到同龄的年轻公象一起同行。

所有的大象都上路了，象群排成了一条长长的、间隔不均的队列，大约有四分之一英里①长。尽管许多年长的公象重达五吨

---

① 英美制长度单位，1 英里约等于 1.6 千米。

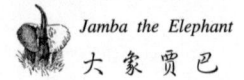

以上,但它们无论是抬脚,还是放脚的动作都非常轻柔,几乎没有发出任何声音。

很快,它们就走出森林,进入一片开阔的草原。艳阳高照,淡黄色的草地熠熠生辉。在那里,这群体型最大的陆地动物,在平原的衬托下,勾勒出蓝灰色的身躯,呈现出其他生物无法企及的威严、力量和野蛮,那是多么激动人心的画面啊。

尽管它们蛮力无穷,但这些巨兽的本性中丝毫没有凶残。相反,它们性情温和,一心只想管好自己的事,平静地走自己的路。它们一路尽可能地避免麻烦,避免冲突,当然,如果受到攻击,它们将毫无畏惧地反击。

现在,这些非洲刚果的巨兽——它们中的任何一个都拥有足够的力量卷起一个男人,折断他身上的每一根骨头——正试图逃脱那恼人的声音。

贾巴对此感到无比困惑。它无法理解,当和其他大象一起大步前行时,那如同挽歌的哀嚎为何总能日复一日地萦绕在它们周围,成为它们挥之不去的噩梦。当它们离开一个地方时,它们将获得短暂的安宁,不再烦恼。但是,当它们来到另一个可能的觅食场,打算安顿下来进食时,那可怕的哀嚎声和敲击声又开始惊扰它们。

对于森林和草原的寻常声音,贾巴一点儿也不畏惧。比如狒狒嘶哑的尖叫声丝毫不会让它感到不安。哪怕有一百匹斑马在附近嘶鸣,它也可以平静地吃东西。即使是夜间潜行的狮子发出的摄人心魄的怒吼,对它来说也没有什么可怕之处。因为这些事情本来是应该发生的,它们是刚果的一部分,是森林和草原的一部分，更是它生活的一部分。

这可怕的、如泣如诉的哀嚎声却是那么冷酷无情地驱使着象群，完全是另外一回事。贾巴内心莫名地感到恐惧，因为它看不见、摸不着、闻不到，也听不懂。这是一种完全陌生的、外来世界的东西，超出了贾巴的认识范围，因此它内心充满了疑虑和不安。

也许，现在象群只是暂时避开了它。也许，当它们再次休息时，再也不会被惊扰了。

一个小时过去了，长长的大象队伍仍然跟着只有一根獠牙的首领穿行在草原上。又过了一个小时，日近正午，烈日当空，分外火辣。贾巴半卷的鼻子随着脚步有节奏地摆动着，它愈发感到自己宽阔的背部灼热难耐。数百只笨重的大脚踏起的灰尘从高空落入，被吸入鼻中，呛得鼻子疼痛不已。

凭借强大的耐力，贾巴不仅能忍受这些痛苦的煎熬，还能以这种稳定的速度连续行走几个小时而不感到疲倦。然而，它依旧感到浑身不舒服，迫切希望找到一个安静、阴凉的水塘，在那里尽情玩水，让腹部沉浸在凉水里，让四脚陷入冰凉的淤泥中。

无论何时，只要它有这样的想法，它都可以独自离开象群，只身去找水塘。但是它从未想过这样做。与水塘相比，它更需要同伴的陪伴，只要能和它们在一起，什么痛苦它都能忍受。

当首领带领队伍再次进入森林时，贾巴十分兴奋，在那里，茂密的树枝形成一道天然拱篷，挡住了火辣无情的太阳，空气一下子变得凉爽起来。它嗅了嗅空气，顿感喜悦。太好了，前面不远处有水源！

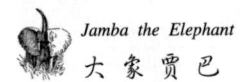
Jamba the Elephant
大象贾巴

首领和它身后的大象都已意识到这一点,当即加快了速度。贾巴也加快了速度,它后面的大象也加快了速度。毋庸置疑,贾巴清楚地知道,当首领找到一个令它满意的水源时,它会停下来。没有一头神志清醒的大象能视若无睹地从一片水域经过,尤其是在天气炎热,而且它已经走了很长的路的时候!水源是大象的天堂,是它们运动、放松和缓解疲劳的良药!

很快,它们就抵达水源,可那只是一条狭窄的、水流湍急的小溪,它太小了,小得无法容纳整个象群。首领毫不犹豫地向下游走去。庞大的队伍紧随其后,彼此靠得很近,一头大象的鼻子几乎擦着前面一头大象的后腿。

狭窄的溪流明显变宽了,没过多久,它们就来到了它们要找的理想之地。这是一个两岸都比较平坦的溪流,溪水自然地漫延到一个宽阔的浅水塘里。这是成百上千头动物最喜欢的水塘,它们在岸边的泥地上已深深地刻下了各自的签名。这里是斑马清晰的蹄印,不久前,它们曾到过这里喝水;那里是庞大的大羚羊(最大的羚羊)的蹄印,以及奥卡皮羚羊小巧精致的足迹。哦,这里也有一些特殊的标记,这些标记对那些弱小、毫无自卫能力,警惕性又不高的动物来说,意味着危险——那是大爪子的标记,除了狮子之外,没有任何其他动物能做出这样的标记。一头狮子曾躺在这里等待猎物,毫无疑问,它已经等到了。

但狮子对大象来说毫无威胁。因为即使狮子是兽中之王,动物界最可怕的猎手,它也知道不要攻击大象!大象一个接一个笨拙地跳入水中,尽情地翻滚着,溅起无数水花。贾巴涉水而过,直至它的身体一半没入水中,它陶醉在无比凉爽、无比舒适之中。

不一会儿，岸边大树的枝丫遮住了池塘的一半，池塘里几乎挤满了欢呼雀跃、嬉戏的大象。

在池塘的另一边，一个漆黑发亮的圆形物体露出水面。它看起来很像一根半沉的圆木，突然，它移动了下，从水里浮了出来。原来是一头慵懒的河马，它正在洗澡，只有鼻孔、圆鼓鼓的眼睛和背部露出水面。受到象群的打扰后，它略带愤怒地哼了一声，爬上岸，独自走开。

看到河马的离去，贾巴高兴坏了，丝毫没有留意它的不满。它把鼻子的一端浸入水中，深深地吸水，然后它举起鼻子，把水喷到头顶和背部。它一次又一次地重复着这些动作，直到心满意足为止。随后，它环顾四周，看看还能玩什么恶作剧。

在它旁边是一头和它同龄的公象，也正忙着给自己洗澡。贾巴用自己的鼻子灌满水，仔细瞄准后，迅速喷出。贾巴喷出的水流宛如一股间歇泉，正好击中了那头公象的脸。

那头公象连眼睛都不眨一下，当即把自己的鼻子浸入水中，同样高高抬起，对着贾巴，迅猛地喷出，水流如注，狠狠地砸在贾巴的前额上，溅了它一身。

喷水比赛开始了。其他大象很快也加入其中。一瞬间，嘶嘶声四起，水柱向四面八方喷射，水花飞溅的声音如此悠长，听起来就像瀑布声一样。

在好长一段时间里，贾巴一直享受着这种快乐，和伙伴们尽情地喷着水。数天来它所感到的紧张，现在完全被抛之脑后。喷水比赛是大象们最爱玩的运动，贾巴也不例外。它一次又一次地向同伴们喷出水柱，然后试图避开对手回喷自己的水柱，可都没

躲开，唉，每头大象都能迅速移动鼻子，精准地瞄准目标，太不可思议了。

与森林中胆小的动物不同，大象可以肆无忌惮地发出声音。它们不怕任何别的动物。它们不必小心翼翼地靠近水源地，小心翼翼地嗅一嗅，深喝一下，然后迅速离开。那不是它们的风格！它们可以尽情地玩耍，让喧闹声响彻森林，一点也不在乎被谁听到。

一群眼睛清澄的瞪羚走向池塘喝水，听到远处传来的喧闹声，立即掉头奔向溪流下游。一只巨大的公狒狒抱着一根树干，用恶毒的红眼睛注视嬉戏的大象。它用拳头捶打着毛茸茸的桶状胸膛，好像在努力劝慰自己不要害怕。它坦然地走了出来，知道最好若无其事地平静地走开，千万别招惹母象，母象一旦发怒，后果太可怕了。

尽管被其他动物监视着，象群依旧尽情嬉戏，它们可不管其他的动物耍什么小聪明，动什么坏心思，只要不被打扰，它们就毫不关心。太阳逐渐下落，树影也在池塘里延伸。大象们似乎玩累了，停止了嬉戏，喷水声和水溅声逐渐消失了。贾巴心满意足地把四脚踩进水下的软泥中，享受着软泥轻抚在脚上的快感。很快，整个象群都在水里休息了——好一幅慵懒、安逸的画面。

可是，那可怕的声音又传了过来，一瞬间，每头大象的心中又隐约充满了恐惧。那如怨如泣的哀嚎一下子摧毁了它们的舒适感和满足感，让它们放松的神经再次紧绷了起来。

"嘿嘿！嘿嘿！"

被 困!

起初,贾巴几乎不敢相信自己的耳朵。它怀疑自己是否真的再次听到了叫声,还是只是幻觉?

哦,不,它又出现了,虽然微弱且遥远,但却清晰无误:

"嘿嘿!嘿嘿!"

声音又一次从它们走过的小路上追了过来。贾巴再次听到了它一直无法理解的诡异的敲击声。贾巴心中充满了痛苦,它越发恼怒了,可对此无能为力。如果给它一个能看得见摸得着闻得到的敌人,它会迅速迎战。给它一个能理解的对手——一个有血有肉的对手,它会用鼻子卷起它,把它扔到空中,就好像扔一个马勃球一样。

但是这个敌人,它看不见,也闻不到,只能听到。它不能和一个无形的声音、一个它看不见的敌人战斗。

这一事实让贾巴沮丧不已。正是这一点,使它平时和蔼可亲的性格变得近乎蛮横和易怒。

象群首领大步从水里走出,立正站着,脚踝深陷在岸边的软被困!

泥里。它待在原地,半卷着鼻子,细长的尾巴软绵绵地垂着,满是沟壑的皮肤让它显得非常苍老。要不是因为鼻子两侧那双敏锐的大耳竖立着,鼻子旁那双布满皱纹的小眼睛里明显流露出愤怒,它简直就像站在原地打瞌睡。

许多年来,这位首领一直是象群里无人能敌的王者。很久以前,它就证明了自己的能力和智慧。许多年来,这支象群在它的领导下兴旺发达,每个成员都毫无疑问地接受了它的领导。

现在,每头象,无论老少,无论公母,都在静候它的命令,就像一支军队在静静等待将军的命令一样。

当那如同魔咒般的哀嚎声再次从午后寂静的空气中飘来时,首领立即做出决定,它愤怒地甩了甩仅剩一根长牙的脑袋,毅然沿着河岸向前冲了过去。

象群紧随其后,纷纷把沉重的脚从淤泥中挣脱出来上岸,水在它们身后翻滚,泥泞不堪。贾巴就站在领袖身后不远的地方,浑身湿漉漉的,不断有水从它身上往下滴,顺着腿流下来。当整个象群列队排成一行时,所有其他动物的痕迹都已从岸边柔软的黑土地上消失得无影无踪了。斑马、霍加狓[①]、大羚羊和角马的蹄印都消失了。捕猎狮子的宽爪印也消失了。所有痕迹被抹掉了,已无从寻觅,取而代之的是大象圆柱似的大脚留下的巨大的圆形凹痕,在泥土松软的地方,凹痕足有两英尺[②]深,在泥土比较坚实的地方,越远离水塘则越浅。

战斗再次打响了。这些强壮的动物的力量巨大,没有什么能

---

① 一种看上去非常像斑马的大型哺乳动物,1901年在非洲扎伊尔森林发现。
② 英美制长度单位,1英尺约等于0.3米。

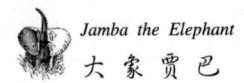

伤害它们,它们努力逃避一种声音——一种随风而来的微弱的呼唤声。尽管它们体型庞大,外表平静,但它们其实很像孩子,最害怕的就是那些它们看不见、摸不着,更无法理解的东西。

笨拙的象群迅速离开河岸,因为河岸上长满了参天大树,密密麻麻,很难行走,它们只好折回到树林后面的草原,那里偶尔有茂密的含羞草和猴面包树丛。它们一次又一次地经过茂密的小树丛,低矮的树枝上挂满了娇滴滴的绿叶,等待它们去采食。通常情况下,它们会逗留一阵,吃些东西,特别是它们在水中嬉戏一番后,肚子饿了时。但这位首领丝毫没有停留。它和它的所有跟随者都隐约感觉到敌人就在它们身后,它们只想尽快摆脱追捕。贾巴大踏步走在前列,时刻保持警觉。它内心充满了对未知灾难的敏感,这迫使它必须保持警惕、再警惕。它注意到一些让它比以往任何时候都更加怀疑和不安的事情。

它注意到远处一堆猴面包树后面突然发生了骚动。它看向树丛,看到大约五十匹斑马飞奔而出,迅速穿过草原。它们身上醒目的黑白相间的条纹,闪闪发光的蹄子,以及蹄下扬起的一团团灰尘,在午后的阳光下融为一体,构成了一幅狂野、优雅和美妙的画卷。但此时的贾巴已无心欣赏。

它知道,肯定有什么东西惊吓了这群斑马——一定藏在猴面包树里,因为没有东西追赶它们。可那是什么呢?如果有一只猎豹或一只花豹跳出来追赶斑马,贾巴也许会大吃一惊。但是既没有猎豹出现,也没有花豹,一定是别的什么东西了。

贾巴面无表情地大步走着,努力保持好自己的位置,每一根神经都绷得紧紧的。没走多远,它就看到同样的事情上演。这一

被　困！

次，是一群牛羚和大羚羊，它们出现在同一边，疯狂地朝着象群要去的方向飞奔。同样，没有任何东西在追捕它们。

但贾巴深知，即使是胆小如鼠的羚羊，也不会无缘无故地以这种急促的方式逃命。肯定有什么东西使它们惊慌失措——一种它至今看不见的真正的危险。突然，贾巴清楚地明白了这一切——因为从大角羚和角马赖以觅食的那一丛浓密的含羞草丛中，传来了一声哀怨而忧郁的叫声。一股寒意似乎在贾巴的脊背上来回翻滚："哦，嘿！哦，嘿！"

叫声从左边传来，象群首领立即改变方向，转向右边。紧随其后，整个象群都感到了一阵恐惧。然后，好长一段时间一切安好，直到哀嚎又一次响起，可这一次是从右边传来的。

此刻，贾巴紧张得几乎发狂。长期困扰它们的无形敌人正在逼近！以前总是有怪异的声音从后面传来。现在，这可怕的吼叫声①不仅从后面传来，而且还从两侧传来，更糟糕的是，它们比以往任何时候都更近、更响！

象群再次转向左侧，结果再次被左侧的恐怖声驱离，象群不得不再次偏离了方向。贾巴从同伴们睁大的眼睛里看到了恐惧。象群中的母象本能地牵挂着各自的幼象，紧张地盯着一路小跑的幼象。异常紧张中，象群不知不觉地加快了步伐，发出沉重的脚步声，差点儿小跑起来。以前，这支队伍足有四分之一英里长，彼此之间断断续续，并不相连，而现在，它已经紧密地缩在了一起，长度不及之前的一半。

"哦，嘿！"

---

① 一种从大象鼻子里发出的轰鸣声。

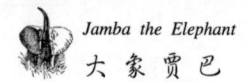

Jamba the Elephant
大象贾巴

叫声首先是从一侧传来,接着另一侧也传来,慌乱的象群不停转着方向,沿着奇怪的、不稳定的、曲折的路线前行。最后,当夕阳即将掉下地平线,暮色渐起,凉意渐现之际,象群首领决定,要彻底摆脱这种令人苦痛不安的声音,唯一的办法就是一路向前,决不能偏离方向。

它们前方隐现一片树林,长满了青翠的猴面包树和含羞草。首领径直钻进了树林,象群紧随其后。树林两侧一片漆黑,几乎无法穿越,但就在正前方,有一条宽阔而破旧的小径,似乎一直延伸到很远的前方。

象群沿着这条小径狂奔。贾巴虽然忧心忡忡,却只能跟着大伙前行。树木遮住了渐弱的阳光,林中的一切处于半明半暗之中,无形中增添了贾巴的恐惧。此外,这片树林还有一些东西,与贾巴见过的所有其他树林完全不同。那就是前面的小路太直了,它把高大的树木隔开,宛如一条巨大的闪电击中树林,活生生劈开的一条通道。小路两侧的树木靠得很近,以致大象根本无法通过,为何这条小路却如此宽阔,如此畅通无阻呢?

然而,沿着小路没走多远,原本宽阔的小路开始变得越来越窄。起初,四五头大象可以并肩齐驱,现在只能两头并排而行,因而它们不得不放缓脚步。

与邻并肩而行,贾巴此时比以往任何时候都更加多疑、担忧。不久,等它看到了前方的东西后,才松了一口气。它清晰地看到,这条小路抵达最窄处后,前方豁然开朗,变成一片广阔的空地,一直延伸到很远的地方。

首领迅猛地冲过狭窄的路口,冲向开阔地。贾巴紧随其后,

被 困!

穿过路口后,它心里无比畅快,也非常兴奋,终于挣脱了狭窄小路带来的禁闭感,那感觉太不愉快,压得它差点儿窒息。

虽说时近黄昏,阴霾渐浓,但贾巴终于抵达一片开阔地。可开阔地四周都是密密麻麻的树木,它只能盲目地跟随首领东奔西走,四处探寻,它深信,首领一定能找到出路。在它们身后,一头又一头大象穿过狭窄的路口,进入开阔空地,直到最后一头大象进来。

砰!砰!砰!

突然一阵巨响传来,贾巴顿时陷于极度恐惧之中。声响是从它们身后传来的,就在它们进入空地的路口。贾巴努力控制自己的恐慌,伸长脖子向后看,想看看是什么发出如此巨大的响声。只一眼,它最担心的事情发生了:片刻之前,那道狭窄的门——也就是贾巴和所有同伴进入空地的路口——不见了。那扇门被关闭了,取而代之的是一排大树干。

在它前面,贾巴看到那位强大、精明的象群首领的耳朵,从头顶向外翻动——这是象群处于绝对危险的标志。首领举起鼻子,第一次发出了一声狂野、尖厉的吼叫声,声音在森林中久久回荡。

几近疯狂的首领,不停撞击着紧密、坚固的树墙,它转向左边,试图找到一个开口,一条出路,一个逃离这个该死之地的方法。

贾巴同样也遇到了树墙,但树木之间的距离如此之近,根本无法通过。它转过身来,跟着首领,站在空地的边缘,拼命寻找一个足够大的缺口让它们通过。

它们不停地走来走去,再次来到它们进入的地方,发现那里

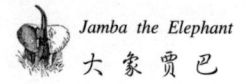

和其他地方一样坚不可摧。它们继续绕着走,直到围着空地绕了一整圈。

显然,它们被困住了!被一堵完整的木墙围住了!一些它们都无法理解的黑魔法,使它们进入了一个无路可逃的邪恶之地。

混乱局面爆发了。

差不多有一百根鼻子举到了空中,将近有一百头惊恐万分的大象高声尖叫,叫声在黑暗的森林中呼啸而过,绵延数英里。

它们一边高声尖叫,一边绕着囚禁它们的木墙转圈。它们的首领,正与它们肩并肩,后面大象的鼻子紧贴着前面大象的尾巴,用沉重的脚猛踢围住它们的栅栏,地面颤抖不已。小象们惊恐地大叫着,紧紧地依偎在妈妈的身边。

而那群年迈的公象,有的高达十英尺甚至十一英尺,它们已不顾尊严,纷纷把耳朵伸向天空,显示它们的恐惧。

贾巴和其他大象一起尖叫着,仍然徒劳地寻找出路,一时陷入极度的恐慌之中。它周围的动物都处于赤裸裸、毫无理由的恐怖之中,它也成为其中的一部分。吼叫声接连响起,震得脑袋嗡嗡作响,疯狂的喧闹声已弄得它头晕目眩。它一圈又一圈地跺着脚,四周全是焦躁不安的同伴。

逐渐恢复理性后,贾巴抬起头,透过越来越浓的黑暗环顾四周。

首领在哪里?

贾巴终于找到了它。首领站在拥挤的象群中间,既没有移动,也没有号叫。它紧张的唯一迹象是缓慢而稳健的脚步,强壮的肩膀有节奏地上下跳动着。

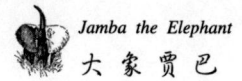
Jamba the Elephant
大象贾巴

尽管贾巴十分害怕，但对这位高贵的首领——一位即使在逆境中也能保持尊严，只剩一根獠牙的长者，产生了一种强烈的钦佩之情。

眼前的一切意味着什么？象群该何去何从？难道它们要被永远囚禁在这里，被锁在它们漫游了这么久的自由无羁的世界之外吗？

贾巴不知道。这是它无法理解的。

但它很快就会知晓答案⋯⋯

猎 象

博农加地区的土著居民，不论是男人、女人，还是孩子们都激动不已，仿佛这个村庄的潮湿空气都充满了喜悦。

有足够的理由显示，该地区最引人注目、最激动人心的事件即将发生。这是一件极其重要的事件，两三年才发生一次。这是一项构思无比大胆、范围非常广泛的事业，需要数百名班图人耗费数月的时间，进行不懈的艰苦劳作，才能大功告成。

更重要的是，这是一项极其危险的任务，精明的黑人时时命悬一线，得用他们的智慧和狡诈对抗野蛮暴力，才能将生命掌握在自己手中，稍有不慎，哪怕犯下丁点错误，野蛮的暴力就会把他们碾成碎片。

博农加地区的白人酋长——当地行政长官亲自下令狩猎。这位伟大的白人酋长所说的话就是法律，当地居民正在进行狂热而愉快的准备。

这次狩猎理由充分。这不是一项运动或一时的兴趣，而是与商业和企业密切相关的重大决策。究其根本原因就在刚果伊图

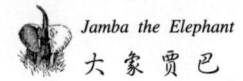

里^①森林的深处。

答案就是乌木。

乌木,自古以来就是君主和权贵们狂热追捧、渴望获得的一种珍贵的漆黑的木材,在世界市场上价格昂贵,以至于人们常常不顾生命危险去获得。在刚果,它被称为乌木金!

这种光滑漆黑的木材之所以价值连城,主要原因就是获取它极其困难。因为出产乌木的黑檀树生长在极易塌陷的泥沼中,即便是带有宽大履带的拖拉机也会很快陷没进泥潭里,变得毫无用处。

因此,刚果乌木伐木工人训练大象为他们搬运木材。他们知道,虽然一头大象重达五吨以上,却能在沼泽地里行动自如。他们知道,大象有巨大的圆脚,可以轻轻地踏入连拖拉机也无法通过的泥沼,准确地拣选出本能告诉它的坚实之地。

获得好的大象帮手的唯一方法是捕获野生大象并训练它们。

政府所属公司已经有几十头训练有素的大象在乌木森林中工作,但随着伐木业务的迅速扩大,迫切需要更多大象从事这项工作。

政府专员代理人布里莱特先生是镇上为数不多的白人之一,开始精心组织狩猎大象。这不仅是一项耗资巨大的行动,更需要花费大量的时间、无比艰辛的劳动和承受无尽的苦难;他挑选员工十分谨慎,因为他知道,只要犯一次失误,出一次差错,所有的努力将会付诸东流。

首先,他精心挑选了技术娴熟的班图部落成员组成了八个狩

---

① 刚果民主共和国的城市,是伊图利省的首府。

猎小队,每个小队由一位著名的追踪者领导。在他们出发前,布里莱特特地把他叫到身边,用斯瓦希里语细致地指导他们。

"勇士们,"他严肃地对他们说,"我需要依靠你们的狡猾和精明来找到一个象群,供我们捕猎。我们对任何少于五十头大象的象群都不感兴趣。我们要挑选的象群中必须至少有十头适合训练的幼象。当你们找到这样一个象群时,请派信使飞速回来告诉我们。"

"现在,出发吧!"

班图战士们咕哝着表示赞同,然后继续前行。八队追踪者,每队都有九或十个人,在全体村民欢送下,离开了村庄。他们每个人身上只穿着棉质腰布,身上只携带着一把刀、一张弓和一袋玉米粉,迅速分散到森林中,每队一组,去寻找象群的踪迹。这些团队之间竞争激烈。每一组都希望,找到最好的象群的荣耀会落在他们的头上,而那些什么也没找到的人也肯定会垂头丧气。

在向出发勇士们挥手告别的人群中,有一位刚满十五岁的健壮班图少年,名叫波米。看着勇士们离去,波米用洁白的牙齿咬着嘴唇。强烈的自尊心使他忍住没有痛哭流涕。

波米特别想和其中一个追踪小组合作,但遭到了坚决的拒绝。波米的父亲伊桑加肌肉强壮,是一位德高望重的班图族酋长,也是其中一个追踪队的队长。几天来,波米一直恳求父亲带他一起去,但父亲果断地摇了摇头。

"这是男人的工作,"伊桑加说,"波米,你还不是一个真正的男人。你在路上会累倒的,我们不能有落伍者。"

"但我几乎和成年人一样强大!"波米恳求道,"而且我很强

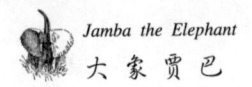

壮。看!"他抬起右臂,摆好造型,让手臂上年轻的肌肉在黑色皮肤下凸现起来。

伊桑加看后,态度有所缓和。

"你是个强壮的男孩,"他略有怀疑地承认,"我会这么做的:我会带你去见白人布里莱特,让他决定。"

波米欣喜若狂,陪着父亲去见伟大的布里莱特先生,他的重要性仅次于专员本人。布里莱特穿着白色亚麻布衣服,坐在政府大楼的一张办公桌后面,摇着扇子给自己降温。当波米随父亲伊桑加进来时,波米勇敢地抬起头来,既惊恐又敬畏,小心紧跟在父亲身后。当伊桑加解释他来的目的时,布里莱特彬彬有礼地听着。

"这是我的儿子,"伊桑加挥手致敬说,"他对大象非常感兴趣,并从驯象师那里学到了很多关于大象的知识。他希望能陪我一起去追踪大象。这由您决定。"

布里莱特先生一边仔细打量波米,一边转动着他的小胡子。波米一生中从未见过这样威严的人,他把目光投向地板,尴尬地拖着脚。最后,布里莱特站起身,亲切地把手放在波米的肩上,说道:"你是个不错的小伙子,但还是太年轻。你应该参加下一次的大象狩猎,但不是这次。下次,小伙子,下次。"

波米强忍泪水,默默地点了点头,跟着父亲离开了。下次,下次,真的!狩猎大象不是每天都有,也不是每个月都有。两三年内可能不会再有这样的狩猎了!

波米无比失望地服从了白人长官的命令,因为他热爱大象,对大象情有独钟。从他十岁起,他几乎把所有的时间都花在观摩

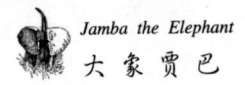
Jamba the Elephant
大象贾巴

驯象师向这些大型动物灌输服从和理解上。从他十岁起，他就仔细研究了这些驯象师，注意到他们在从事这项危险的工作中所使用的狡猾的伎俩和手段。

从那时起，波米就暗下决心，总有一天，他会成为他们当中最伟大的驯象师！

正因如此，当波米看着父亲和其他人离开村子时，两大颗眼泪顺着他的脸颊滚落下来。他一心想随父亲前往，却惨遭拒绝。现在他只能耐心等待——等待有一天，他可以向他们证明他追踪和训练大象的全部技能。

两天过去了，追踪者什么也没听到。第三天，其中一队的一名成员汗流浃背地跑回来向布里莱特先生报告，他的团队找到了一个有五十五头大象的象群。第四天，更多的信使回来，第五天，八个团队都向政府机构汇报了情况。

布里莱特先生一边看着所有的报告，一边扭着胡子。他否决了其中一些，因为已发现的象群太小了，或者说可供训练的小象太少。最后，他做出决定。"伊桑加发现的象群是最好的，"他说，"将近一百头大象，其中有十一到十二头年龄合适的小象。我们将捕获这群大象并将其圈养起来。"

这消息像野火一样迅速传遍了村子。一直在焦急地等待消息的波米，得知父亲荣获最佳追踪者时，心中充满了自豪。在整个刚果，没有一个追踪者能像他的父亲伊桑加那样隐秘而熟练！这让波米在他的玩伴中时常骄傲地昂首阔步，之前因自己没有参加狩猎带来的失望也几乎被抚平。与此同时，博农加的政府大楼也热闹起来，布里莱特先生以迅雷不及掩耳之势咆哮着发出命令。

猎　象

"迅速给我找一百个壮汉来，让他们立即出发去森林里建造围象栅栏，"他厉声说道，"另速带五十名追踪者去协助伊桑加驱赶大象。"

"而你们"——他转向七个追踪小组的信使，而不是伊桑加的——"速回到你们的队伍上，告诉他们尽快与伊桑加会合。伊桑加发现的象群，在翁巴河与伊古拉河交汇处以南七英里和以西三英里处。千万记住！最重要的是，别让大象看到你们！它们不能受到惊吓。"

"还有你"——他最后转向来自伊桑加部的信使——"你速从村子里找来五十名猎手和追踪人员，带领他们到伊桑加看守象群的地方。"

当地居民急切地叫喊着，奔跑着去执行布里莱特的命令。整个村子一下子沸腾起来，各种准备的喧闹声四起。数十名部落男子准备离开家人，前往森林，执行一项可能持续数周甚至数月的艰巨任务。

现在，狩猎行动进入最微妙的时刻。找到象群是一回事，诱捕它们则完全是另一回事。每个人都必须尽善尽美地完成自己的任务，否则整个项目就会像多米诺骨牌一样倒塌，付出高昂的代价而最终一无所获！

驱　逐

伊桑加的儿子波米试图抑制内心的激动，却根本压不住蠢蠢欲动的心，他恨不得跳起来欢送庞大的狩猎队伍。

博农加村的所有妇女和儿童，无论年纪大小，纷纷聚集在远处，殷切地注视着忙碌的人们。他们以同样的热情、同样的兴奋和自豪感观看着，就像他们看到一支军队动员起来，即将奔赴战场一样。皮肤黝黑的妇女和发型古怪的儿童，甚至村庄里年迈的男子，纷纷跳着、舞着、喊着、叫着、挥舞着双手，为部落的勇士欢呼，祝他们好运。

十几只杂种狗狂吠着在人群中不停穿梭，喧嚣声越发激烈。

尽管班图族妇女兴奋地尖叫着，不停地喊着鼓励的话语，但毫无疑问，许多妻子依旧为她们的男人的安全祈祷——祈祷他们小心远离疯狂的大象。她们很清楚，在以前的这类狩猎中，许多满怀信心的男人离开后，再也没有归来。

但是波米在一旁观看，对这次狩猎的危险丝毫没有担忧。他像个男人一样，满脑子想的都是这件事至高无上的重要性和之后无与伦比的荣耀——以及他自己对不被允许参加追踪象群的懊恼。

在布里莱特的命令下，狩猎队伍出发了。一百名手持斧头和铁锹的班图族人在众人的欢呼声中排成一队鱼贯而出，沿着小路消失在森林中。与他们同行的还有八头训练有素的大象，它们满载着食物和补给，每头大象都由一名当地的驯象师引导——熟练地坐在大象宽阔的脖子上。

这些都是土著人，他们负责建造坚固的围栏，足以容纳近一百头狂暴的野生大象。

看着这些驯象师骑着他们的巨兽离开，波米将眼睛睁得老大，流露出无比的羡慕之情。驯象师们懒洋洋地坐在大象身上，随着大象缓慢的动作轻轻地左右摇摆，看上去就像睡着了似的。然而，他们是至高无上的主人，身下的庞然大物是仆人。只需一个命令，比如一个轻推，就足够了。世界上没有比驯象师更伟大的人了，甚至连伟大的白人首领也不例外！除此之外，一个人还能再奢求什么呢。他，波米，伊桑加的儿子，总有一天也会成为一名优秀的驯象师！

在一百名工人的身后，是五十名追踪者，他们只配备了刀、弓和箭，还有足够他们食用一周的玉米粉。这些人正前往伊桑加的所在地，开始小心翼翼地努力把大象赶向其他人将要建造的围栏处。

波米仍然瞪大眼睛盯着。他自出生就住在这个村子里，对他来说，博农加就是世界。采伐乌木是博农加的主要产业，到目前为止，波米认为这是理所当然的。但当他看着这支消失在森林里的大军时，一个新的想法突然涌现，这使他惊叹不已。这数百名

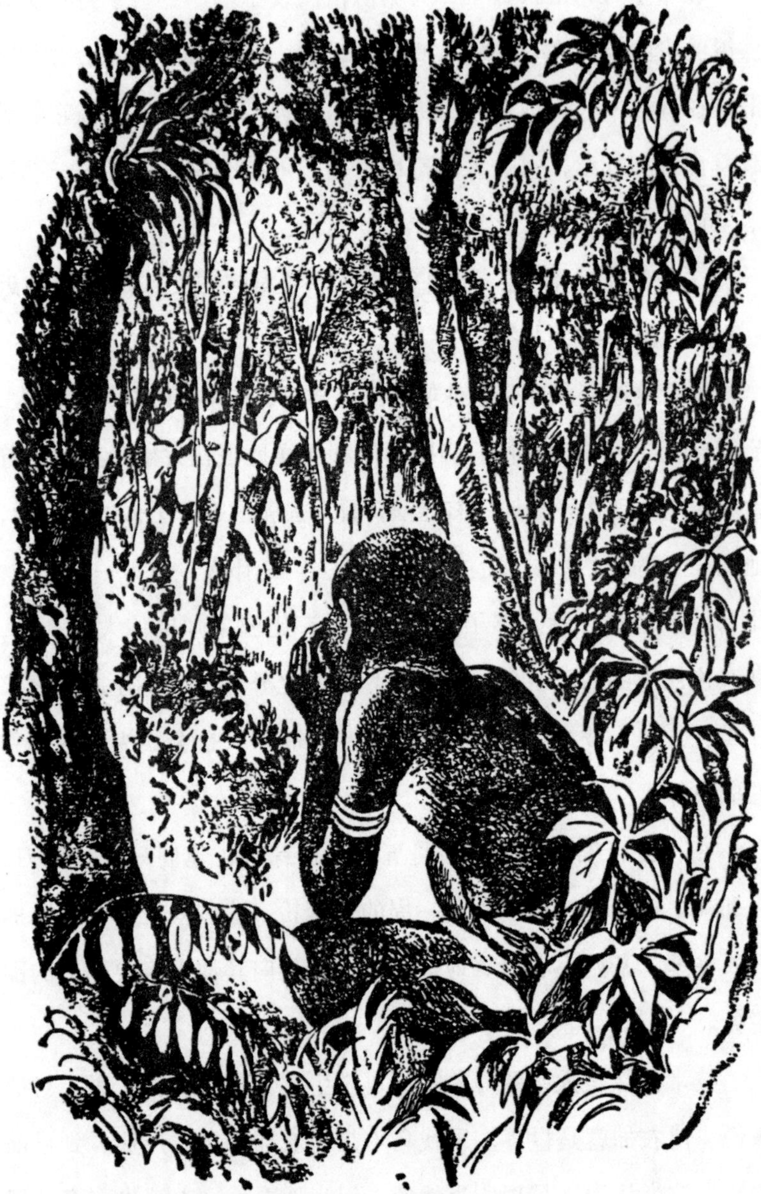

工人连续数周从事苦差事。这一切都是为了捕获大象,不,是为了顺利得到乌木。因此,乌木一定很珍贵,非常珍贵,波米无法理解这些。毕竟,那只是一片黑檀树林。他很容易理解,人们为什么要大费周章去捕捉大象,很明显,那是因为他全心全意地爱大象。但是对于乌木,他无奈地摇摇头,实在不感兴趣。

在班图族酋长乌林吉和一位经验丰富的猎象人的领导下,一百名工人穿过森林,朝着发现大象的地点以东稍远的方向前进。他们很快就和另外五十名追踪者分道扬镳。追踪者的负担较轻,正全速奔赴伊桑加所在之处。

乌林吉要找到一个适合建造坚固围栏的地点,然后让工人们尽快把围栏建好。在选址和建造时,乌林吉必须谨遵两个原则:

首先,围栏不能离伊桑加和他的手下驱赶的象群太近,也不能离它们太远。如果围栏太近,大象凭借敏锐的听觉,可能会注意到建造时的声响而逃离。如果距离太远,驱赶象群进入围栏的微妙任务将变得更加困难,一路上象群将有更多的机会逃跑。最适合的距离是十五到二十英里。

其次,围栏必须用粗壮的原木建造,因此围栏必须建在容易获得原木的地方,也必须建在树木和自然植被可以遮盖坚固的木墙的地方。当地人都知道,大象并不是傻瓜。它们只有在非凡的狡诈和精明的算计之下才能被诱入囚笼。直到第二天中午,乌林吉才找到了他要找的理想之地。这是一片宽阔的空地,有一百五十步,周围几乎完全是茂密的含羞草和猴面包树。

"太好了!"乌林吉说,"我们就在这里建造围栏。在敞开的一边,我们将修建一扇门。好了,开始工作!"顷刻间,八头大

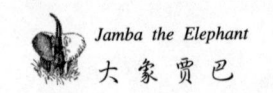

象身上的货物被卸下，工人们立即投入疯狂的工作中。他们中的大多数人都参加过以前的狩猎，知道如何用最少的时间完成任务。乌林吉只需要将不同的任务委派给不同的小组就行了。因为不能搭建营地，因而当夜幕降临时，精疲力竭的工人们只能躺趴在地上睡觉，直到太阳再次从东方的地平线上升起。

乌林吉指派了两名可靠的信使立即出发，穿过森林寻找伊桑加，他估计伊桑加大概在十七英里之外。这些信使将告知伊桑加围栏的确切位置。这点是非常重要的，因为伊桑加必须知道驱赶象群的确切方向。一旦错过围栏，那将是致命的失误！

从大象身上卸下货物时，乌林吉让工人把粗壮的树枝切成四英尺长的小段，并用刀把一端削尖，然后，将这些尖头的木桩钉入地面，勾勒出围栏的圆形轮廓。他计划将围栏的直径设定为整整一百步——这足以容纳一百头大象，但又确保它们紧挨着，无法组织起大规模的冲锋。

在乌林吉划定的圆圈周围，四十名工人立即挥舞着砍刀，砍掉大片靠近地面的小树和灌木丛。一个小时后，圆圈内被清除干净，没有了任何障碍物，为下一步做好了准备。

然后，在空旷的圆圈里，工人们开始用铁锹在坚固的、有根系的土地上挖出规则间隔的坑。这是一项缓慢而艰巨的工作，因为肥沃土壤中的根系纵横交错，又硬又深，必须用锄头来挖。炽热的阳光直射到树木环绕的空地上。没有一丝微风，只有无情热浪。很快，黑皮肤的工人身上满是汗水，甚至连他们唯一的衣服——颜色鲜艳，也被汗水浸透了。

但他们似乎毫不介意。他们一边专心致志地工作，一边唱起他们从小就会唱的原始班图民谣。除了吃之外,这些人最喜欢唱歌。只要能让他们尽情歌唱,他们就会毫无怨言地努力工作一整天。

当一群人忙着挖坑时,另一群则到森林里去砍木头,用来做围栏的栅栏。他们砍倒了直径二三英尺的大树——这些树高达六十英尺或更高,伴随着刺耳的撕裂声、巨大的轰鸣声,大树倒在地上,折断的树枝在空中肆意翻滚。

这些工人也一边工作一边唱歌。他们闪亮的双刃斧在阳光下有节奏地舞动着,夹杂着锋利的钢铁敲击木头声,在树林中响起一阵阵充满生命力、悠扬的歌声,这些歌曲从远古时代就由父亲传给儿子,儿子再传孙子,如此一代代传下来。

第一天结束,太阳落山后,疲惫不堪的工人很快进入了梦乡。对此,乌林吉很满意。他的队员们在这项艰巨的任务中取得一个良好的开端总是让人欣慰的,每一个参与者都在争分夺秒地工作。他希望在十天内——最多十二天——看到新建的围栏完工,准备好去迎接狩猎重任的最后一个环节。在十二天后完工将会很糟糕,因为那时,象群会来到附近,足以听清建房时发出的响声,从而被吓跑。同时,围栏又必须建得牢不可摧,毕竟它是狩猎任务最后也是最重要的一个环节。

"它必须及时完工,"乌林吉庄严地发誓,"而且它必须建得十分坚固,因为我,乌林吉是负责人!一个有洞的陷阱有什么用?"

与此同时,在远处的森林里,伊桑加正与大象群发生摩擦。他一生都在狩猎大象,是最有成就的驯象师之一,也是狩猎的领

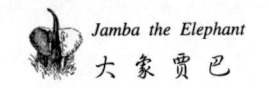

导者。他了解大象,就像他了解自己的妻子和家人一样。他知道它们的智慧、它们的弱点,它们奇怪的、好冲动的性情,只有最了解它们的猎人才能准确预测它们做的事情。在这方面,伊桑加很有天赋,在整个地区,他的声名远播,被誉为"大象的兄弟",这是一个非常令人钦佩的词。

然而凭借经验,伊桑加感觉从未遇到过一个象群,像他现在跟踪的这个象群那样难以驾驭。

这真是一个完美的象群。伊桑加艰难地从密密麻麻的灌木丛中爬出来,第一眼看到远处的象群时,他脸上立即流露出莫名的惊喜。他小心翼翼地数了数——这可是一项艰巨的任务,毕竟这群野兽在进食时不断地变化位置,它们有九十多只,可能不足百只。

他花了几个小时用一副高倍双筒望远镜监视象群,这副望远镜是白人长官借给他的,在所有黑人中只有他一个人有。通过它,他仔细观察每一头大象,寻找尚未达到最大成年体格的年轻大象。他很清楚,即使是最聪明的大象也很难训练,只有十五到三十岁的大象才适合训练。当他数到十一或十二只时,他的眼睛闪闪发光,他不能确定这些大象的年龄是否在适当的范围内。

这是一个完美的比例,值得花费数周甚至数月来完成诱捕!

但他很快发现,要想控制住这些巨兽,他得充分发挥所有的技能。因为它们被一头只有一根长牙的公象领导,它多疑善变,令人完全琢磨不透。有时,它会异常紧张,一根树枝就能将它吓坏,从而迅速逃离;它的跟随者会追随其后像它一样迅猛。有时它很平静,不易受外界干扰,即使周围不断涌现各种奇怪的叫喊声,它也不为所动,一动不动站在原地冷静思索。

此情此景,让伊桑加想起了他的儿子波米,波米非常想成为狩猎队的一员。

"如果波米现在在这里,"伊桑加默念道,"他很快就会发现他对大象的了解是多么匮乏。"

伊桑加知道,他需要更多的人协助才能安全地驱赶这群大象。按照惯例,他至少需要三百人才行。可现在,即使加上其他七个小组的追踪者和博农加村庄后期补充的猎人,也不足百人。

因此,他必须耐心等待着,只能在援军到来之前,小心地监视着象群。博农加村庄没有足够的猎人,但他知道布里莱特先生已经派使者到其他土著村庄,要求他们派人加入他的行列。

很快,他们便以十人、二十人或更多人为一组,每一组由一名班图族首领带领。他们中有二十多个俾格米人,这些体型瘦小、容貌古怪的人终日生活在刚果的森林最深处,除了大象这种最强壮的动物外,他们几乎对任何东西都感到害怕和害羞。这些俾格米人个子很小,身高不足四英尺,但他们的狩猎技能十分高超,而且他们绝不会犯错。伊桑加终于准备出发了。因为乌林吉的信使已经赶到了,告诉他围栏的修建地点。伊桑加以太阳为导向,像军队的将军一样,迅速召集手下各小组的首领开会,就如何进行狩猎向他们发出严厉且明确的命令。

"这是一次伟大的狩猎,"他总结道,"如果成功,'伟大的'白人老板就会给你们所有人送上精美的礼物。他会给你们烟草,给你们和你们的女人送上印花布。他甚至会给你们戴上黄铜手镯。但如果失败了,你们将一无所获,你们将感到羞耻。你们再也没

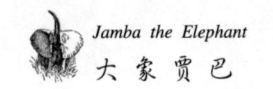

机会参加驱赶大象的行动了。"

"记住！我们必须始终小心前进。让你的手下都待在适当的地方。千万别让大象看到任何人！现在就出发吧。"

伊桑加用斯瓦希里语与他们交谈——这是他们都能听懂的通用语言。他们急切地点着头，按照指示带着手下各就各位。他们静静地成扇形散开，得花几个小时才能完成部署。这是一条长长的、排成一列、间隔有致的队伍，大约有十英里长，形成一个巨大的"U"字形状。这个U形队伍将象群完全包围，除了"U"形开口端——因为那端正对远方的围栏。

毋庸置疑，驱赶大象是一门学问——这是一项充满风险且变数极大的事业，所需的技巧和耐心几乎超出了人类的想象。每一个人都知道，稍有不慎，他们会随时命丧象手。他们每人都知道，大象不被打扰、独处时，是相当平静温和的，一旦被打扰或受到惊吓，它愤怒起来将会无比可怕。

面对一头发狂大象的尖叫冲锋，没有一人能安全逃脱。即使是敏捷的黑人也不能快速爬上一棵树，如果树太大了，他们将无法用手臂抱紧树干。如果他们为了逃命而奋力爬上一棵小树的话，这头尖叫的大象会立刻把树推翻，甚至连根拔起。然后，那个倒霉者就会摔倒在地上，被愤怒的大象踩成肉酱。

这种可怕的命运随时都会降临到那些粗心大意的人身上，只因一个小小的失误，不幸让象群发现了自己。这种事一旦发生，不仅他和附近的几个同伴会丧命，而且可能会让象群因此逃脱，使整个诱捕行动前功尽弃，宣告彻底的失败。

U字队形终于完成——队伍又细又长，其中每个成员距离象

驱逐

群至少半英里以上。驱象大师伊桑加处在U字队形的中心，即U形的底部，这是整个队伍的关键位置，是它正对开口端。精心设计的驱赶计划就是不断将象群赶向开口端，而开口端总是对着围栏的方向。如果大象转向一侧，就由驻扎在那里的当地人来矫正。

透过茂密的灌木丛向外张望，伊桑加看到象群正在安静地进食，有的大象用象牙挖出多汁的树根，有的大象则剥掉树枝上的嫩叶。那个只有一根象牙的首领站得稍微有点远，正平静地咀嚼着食物。伊桑加用手捏紧嘴，发出怪异而哀怨的呼叫声，声音不大，却像利箭一样划破午后的寂静。

"嘿嘿！嘿嘿！"

通过仔细观察，他看到那位魁梧的象群首领显得很惊讶，并满是疑虑地张开双耳。然后，静静地聆听片刻后，它显然没发现什么异常，觉得一切都安好，又开始平静地进食了。

伊桑加又发出一阵怪异的呼号，但他依然没有得到想要的结果。第三次，他发出了长长的、颤抖的叫声，只是这次叫声变得更加坚决、更加激烈了。

突然，那头只有一根象牙的大象首领竖起了耳朵，旋即掉头跑开，象群紧跟着它！虽然这次没使大象发狂冲锋，但已接近让大象发狂了，情况非常危险。而且，更糟糕的是，象群并没有朝着U字队形的开口端前进，而是朝着左侧前进！

伊桑加绝望地看着象群，心几乎提到了嗓子眼里。在左侧不远处的树后，他的手下正眼睁睁地看着象群朝他们直扑过来。他们能阻止象群吗？

突然，左侧传来几声微弱的"呜呜"声。象群首领依然毫

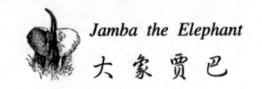

不犹豫地向前冲。紧接着,更多的叫喊声传来,声音越发疯狂、尖锐。

就在伊桑加绝望地紧握着拳头时,象群首领突然转身,引领象群转向另一个方向。

这一次,它们斜着奔向 U 字队形的右侧,但隐藏在那侧的人员安全地将它们挡住,并将它们引向了正确的方向。驱象行动正式开始了!

陷入陷阱

大象笔直地走向开口端，在树林中一路小跑了一英里左右。很快，它们被一片茂密的含羞草树林低垂的树枝吸引，一下子将恐惧抛之脑后。它们纷纷停下来进食，三五一群地四散而开，像牧场上的牛群一样平静。不时地，当一头大象发现长满树叶的树枝太高，够不着时，它就会用力拉扯一下树干，把树苗拦腰折断。

随着大象缓慢前进，人类的U字队形也在前进。他们小心翼翼地调整着自己的位置，巧妙地利用天然障碍物来隐藏自己的一举一动，万分谨慎地始终将U字队形的开口端朝向远处的围栏。

就这样，这场战斗持续了好几天，伊桑加一直站在队形的中央，焦急地注视着象群的一举一动，并不停祈祷手下人别犯错，别辜负他的希望。

这种驱赶象群的原理其实就是通过哀怨的叫声和用木棍敲击树干的方式，定期骚扰那群笨重的巨兽，迫使它们朝着正确的方向移动。当地人熟悉大象的本性，他们知道，当大象遇到它们无法理解的干扰声时，它们总会试图避开声源，朝远离声源的方向

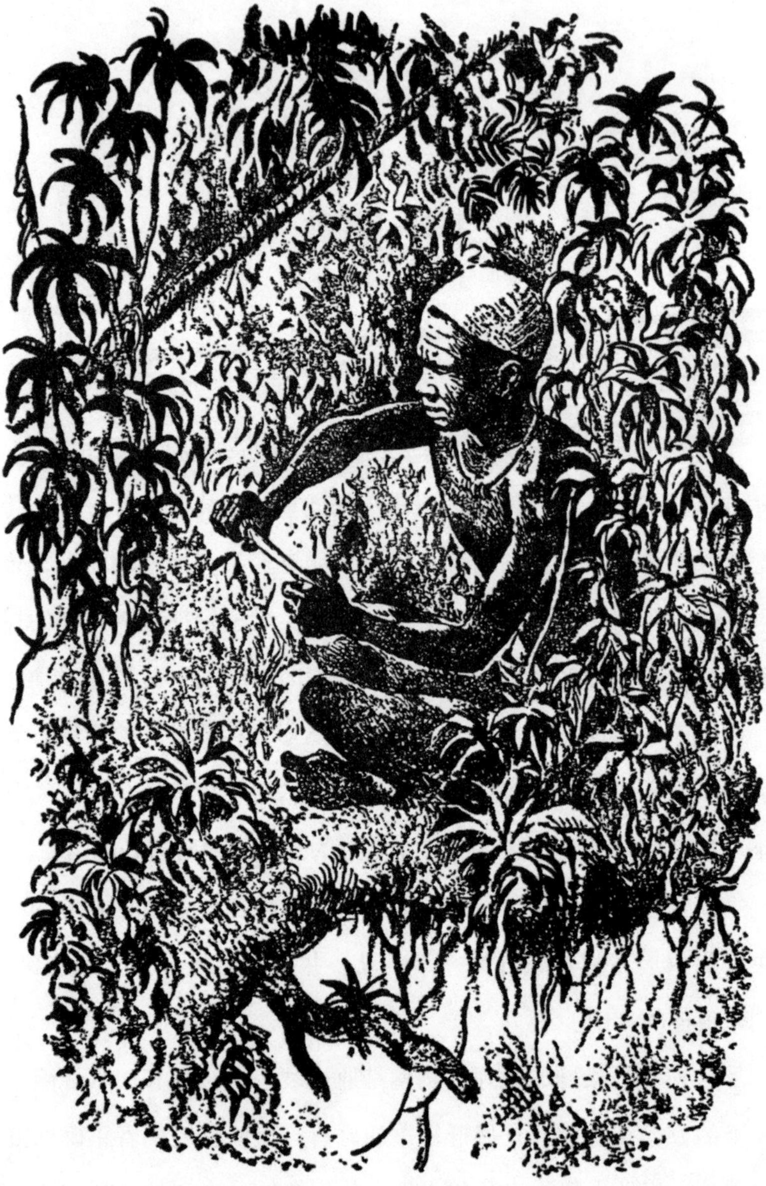

行进。但在实际操作中，效果并不总是那么好。有时，大象又担心又困惑，会径直朝着错误的方向（也就是声源）冲去，在它们停下休息前，通常会走好几英里远。每当这种情况出现时，伊桑加就会紧张得满头大汗，不得不调整人马，重新开始。是啊，如此一项艰巨的任务落在身上，他时常深感责任重大。在他所有的经验中，他从未见过任何一头大象，像眼前的这头只剩一根长牙的怪物，这么脾气暴躁、难以预测。他担心，这是一个相当缓慢的驱赶过程，若要成功，至少得花三到四个星期。日后，伊桑加肯定会时常回忆起这次获胜前三个月这段艰难的驱象过程。

就这样，伊桑加率众人在白天继续驱赶象群，晚上则坚守阵地。当夜幕像绛紫色的斗篷一样笼罩着森林时，众人在各自岗位上安顿下来，开始休息。他们会从附近溪流或山洞里取水，并派少量守望人员混入U形圈里，以防象群趁夜逃走或偏离既定方向。

经过一周的长途跋涉后，队伍携带的玉米粉吃完了，大家只得就地取材。有时他们以可食树根或热带水果为食；有时他们会射杀几头羚羊，做一顿丰盛的晚餐改善一下单调的伙食。当然，他们得在远离象群休息处几英里的地方生火，以确保象群看不到火焰，闻不到烟味。他们会把羚羊整个扔进火里，简单地烤一下，然后用刀子切成两半。

为了生火，一些当地人一直携带着活火。他们以枯木火把的形式携带活火，这种火把能缓慢燃烧数天甚至数周。

驱象行动日复一日地进行着。象群被惊扰后，通常会跑数英里，然后在再次被惊扰之前，它们有足够的时间缓解紧张的情绪。

与此同时，在第一周结束时，乌林吉和他的百名工人在修建

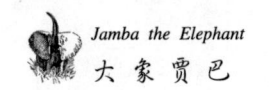

围栏上也进展神速。所有的坑洞都已挖好,每个坑洞足有五英尺深。许多用来建栅栏的木料都已备好,并且一端已被削尖。训练有素的大象也开始了忙碌的工作。

驯象师们一边指导着大象,一边轻轻地哼着抒情小曲,以缓解它们的紧张。大象列成一队进入砍木工人工作的树林,用鼻子缠住结实的木材中段,轻松地将每根长达十五英尺的木材举起,然后转身将它们运到所挖的坑洞,并在驯象师的指挥下,竖起木材,尖端朝下,插进坑洞里。

噼里啪啦的伐木声在森林中回荡。工人们一边欢快地唱着民歌,一边挥汗如雨地劳作,大象则驮着沉重的木材,在树林和围栏间来回奔走。乌林吉无处不在,时刻监督着每一步的施工,催促工人们加快进度。

厚重的围墙逐渐成形。当所有的立柱安装好后,工人们开始在立柱之间安装横梁。他们就地取材,用生长在附近森林中的坚韧藤蔓当绳索,将横梁和立柱牢牢地绑在一起。尽管进展神速,但乌林吉还是很紧张。他每天都通过信使与伊桑加保持联系,他知道驱象行动正顺利地进行着。乌林吉估计现在象群离他已不到八九英里远,他必须抢在象群离他不能再近之前完成工作。

终于,在第十一天结束时,所有的木材立柱和横梁都已安装到位。除了一些收尾工作外,这堵木墙已宣告完工了。这是一个巨大的圆形围栏,直径足有一百步,由粗壮的木材建造而成,每根木材埋入地下部分有五英尺,突出地面部达十英尺。在大象进来的方向,有一个十五英尺宽的开口或大门。从大门开始,围栏的围墙向外延伸,形成了一条逐渐变宽的木材走廊,长约百步。

伊桑加将努力驱赶着象群进入这条用木材搭建的走廊。象群一旦进入走廊，它们就再也没法回头，只能沿着走廊走进大门。为了避免大象起疑，走廊的木材被工人们巧妙地伪装了起来。或被树枝覆盖，或被灌木丛遮住，必须要有一双敏锐的眼才能看出走廊不是天然的林间小径。而走廊尽头的大门则由乌林吉精挑细选的最熟练的工匠建造而成。它宽约十五英尺，造型独特，开口处能上下活动，当它被吊起时，可留下足够的高度供大象从下方自由出入。大门建好后，由训练有素的大象将大门吊起，升高到恰当的高度，用一根结实的绳子牢牢地拴在附近一棵树的树干上。

围栏按时完工了！

乌林吉松了口气，立即派信使进森林通知伊桑加，告诉他万事俱备，只欠他的"东风"。随后，他只留下六名熟练工人，让其余全部人员返回博农加。尽管所有人都想留下来观看这项驱象行动最后的高潮，但他们被禁止观看。因为大象靠近围栏时，乌林吉要确保没有任何东西出来干扰大象从而将它们吓跑，而多一个观察者就多了一些风险。

仅剩的六个人，是驯象师和他们各自训练有素的大象，他们和乌林吉一起留守围栏。他让驯象师把各自的大象拴在大门对面的远处围栏外侧，然后派遣这六个人分散到森林里放哨，以便随时警告他，象群即将到来。

现在乌林吉已无事可做，只能耐心等待，随时准备爬上拴着门绳的那棵树。他已经完成了他的工作——剩下的工作将由伊桑加来完成。

乌林吉等了一天、两天、三天。他开始紧张起来。四天、五

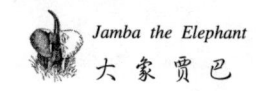

天,六天,整整一周过去了,他焦急万分。

难道伊桑加的驱象行动失败了吗?他该不会被大象踩得面目全非,无法辨认了吧?难道花费如此巨大的成本和精力建造的围栏,竟然无用武之地?

乌林吉还在焦急地等待,热切的希望随着时间的流逝而逐渐冷却,渐渐变成失望。两周前,象群离这里只有八九英里远,乌林吉知道它们早就该到了。但他对伊桑加依旧满怀信心,这也是让他支撑下去的最后动力。伊桑加是大象的兄弟,他肯定不会失败!显然,他一定是和象群遇上了大麻烦,否则他早就来了。

等待的第十天,正当乌林吉悲痛之时,唉,他已在围栏边的一块石头上磨了一百次刀了,突然,他听到一声巨响。他抬起头,看到六名哨兵从树林里奔出,以他们双腿所能支撑的最快速度向他跑来。

"大象!"他们兴奋地喘着粗气叫道,"大象——它们来了。不远了!"

乌林吉兴奋得跳了起来。如果不是他想听得更清楚的话,他肯定会狂呼起来。

"太好了!"他激动地说,"太好了!现在赶紧回到你们训练的大象那里,一起隐藏好。我,乌林吉,会亲自割断门绳的!"

说完,这位黑皮肤的班图族酋长敏捷地爬上了系着门绳的那棵树,他的敏捷程度丝毫不亚于任何一位中年壮汉。他坐在绳子旁边的树枝上,深情地将刀锋划过拇指指甲。刀锋利无比,在指甲上留下一条极细的刮痕。这是乌林吉最喜欢的工作——砍断绳子。对他来说,这象征着一次人生高峰,成功的高峰。他,乌林吉，用他的利刃，将有幸把一百头大象囚禁在他和他的部下建造的围栏内！

时已傍晚了，树阴渐深。从他所处的有利位置，可以俯瞰从围栏大门向外延伸的木制走廊，走廊越往外越宽。他知道一切都准备就绪了。就在无比紧张的上周，他反复检查了围栏、大门和走廊一百余次。不会出什么差错，也不会有什么遗漏。

时间一分一秒极其缓慢地流逝，阴影也越来越深。乌林吉如雕像般坐在树枝上，目不转睛地凝视着昏暗的走廊，盯得眼睛疼痛不已。

终于，他看到了象群！

它们从一英里外茂密的树林边缘冲出，直奔走廊而来。一大群前后紧密相挨的大象，明显地受到了惊吓，但并没有惊慌失措，由一头只有一根长牙的公象带领，一路小跑。与此同时，乌林吉听到了微弱的哀怨声，以及远处树林传来的敲击树干的声音。

"嘿嘿！嘿嘿！"

乌林吉知道，土著人组成的U字队形正在逼近。最激动人心的时刻即将到来。他回忆起几年前的一次驱赶大象的行动，当时象群已被驱赶到走廊的入口处，却突然转身逃走，完全消失了。

但这一次一切顺利。象群轻快地越过开阔的大草原，既不转向左侧，也不转向右侧，而是在它们身材魁梧、满脸皱纹的首领带领下，纷纷挤进走廊，朝大门奔去。

乌林吉在半明半暗的暮色中盯着它们。这激动人心的景象让他兴奋不已，万分激动，以至呼吸急促，握紧刀柄的手一直在颤抖。

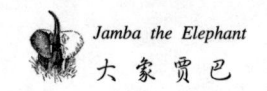

象群首领从他下面经过,直接进入围栏。其他大象因为走廊变窄,而纷纷放缓脚步,但依旧紧随首领之后。最后,每头大象都无比紧张但又毫无戒备地走进了铜墙铁壁的围栏。

乌林吉的手臂伸出,挥刀迅速砍断沉重的门绳。

砰!笨重的大门落了下来,围栏被牢牢关闭。很快,被围住的大象发出疯狂的号叫。

乌林吉把头往后仰,欣喜若狂地大声叫道。"哎呀!"他一次又一次地高兴地号叫着,"哎哟哟!"

就这样,贾巴和它的同伴被困在高墙内,只有最高的大象才能看到墙顶。

"棒极了！"布里莱特说

当晚，围栏外举行了声浪震天的庆祝活动，尽管围栏内不停传来尖锐的哀嚎。驱象行动圆满结束了，取得了无与伦比的成功。虽然在驱赶象群的过程中，伊桑加遇到了很多困难，紧绷的神经也受到了极大的摧残，但他仍然设法在三周多一点的时间内完成了这项艰巨的任务，这是一项值得高度赞扬的成就。

象群刚刚安全进入围栏，伊桑加就带着三百余名手下从隐蔽处钻了出来，加入乌林吉一行。两位班图族酋长慷慨地相互称赞。

"伊桑加，"乌林吉说，"你真棒，真不愧被称为'大象的兄弟'。你赶着这群大象穿过森林，走了那么长的路，把它们带到这里，竟然一头也没有走失。这真是一个庞大的象群，一个有前途的象群。你做得太棒了，伊桑加。"

"的确太棒了，"伊桑加欣然承认，"我做得很好。虽然有几次我担心出现最坏的结果，但我们之中无人被杀，太幸运了。乌林吉，你同样做得很好。这个如此漂亮的围栏是你做过的最好的。"

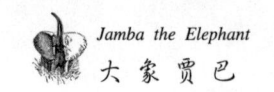

乌林吉点点头。"没有人能建造出更好的了，"他自豪地说，"说到建造围栏，他们必须寻找比乌林吉更熟练的人。"

在相互祝贺后，欢庆活动开始了。天还没黑前，伊桑加就派了三十名手下远离象群去捕猎，以庆祝驱象行动的圆满结束。他们成功地捕获了二十多只羚羊、几只瞪羚、六只牛羚和几只水羚，还有一些黑斑羚和紫貂。它们现在被带到围栏旁边的空地上，人们点燃了六堆篝火。

黑人们聚在火堆旁尽情玩乐。他们个个兴高采烈，辛苦了这么久，现在终于圆满地完成了工作，而且没有一人丧命，怎能不开心。他们知道，第二天，他们将从白人长官那里收到珍贵的礼物。但是现在，今晚，他们得狂欢，必须尽情地吃喝，吃到再也吃不下一口，喝到昏昏欲睡。

一连好几个小时，他们围坐在篝火旁，贪婪地吞食着大块半熟的烤肉。二十多个俾格米人，按照他们的体型，在稍远的地方生了一堆较小的篝火。这些身材矮小的黑人既害羞又多疑，他们只想管好自己的事，尽量远离体型比他们大一倍的班图族人。他们中的绝大多数人十分安静，满足于烤一个肥硕的牛羚，并用一种只有他们才听得懂的原始语言互相交谈。天晚了，火也越烧越低。人们肚皮都快胀破了，一个个拖着沉重的身体爬离火堆，纷纷昏睡过去。很快，火堆烧得只剩下炽热的炭块，三百多个土著人都进入沉沉的睡梦中。尽管围栏内惊慌失措的大象们发出的狂野吼叫声彻夜不休，但疲惫不堪的人们依旧安然入睡。

第二天中午，当政府专员代理人布里莱特先生到达围栏时，人们发出了响亮的欢呼声和问候声。布里莱特先生是由六头大象组成的商队载来的,象背上装满了送给当地人的礼物。

与布里莱特先生同坐象轿而来的是伊桑加的儿子波米,他就坐在政府专员代理人的正后方。商队停了下来。波米咧嘴笑着,露出洁白的牙齿,骄傲得几近疯狂。他从象轿里爬出来,站在驯象师身后的大象脖子上。在驯象师的指引下,大象转过头,竖起鼻子,轻轻地卷住波米的腰,把他稳稳放在地上。

两个土著人用手搭成台阶,帮助布里莱特先生爬下大象的一侧。站稳后,他立即转过身来笑对震惊的伊桑加。

"你的孩子!"布里莱特说,友好地微笑着,"他来找我,乞求和我一起来围栏。我若不答应,他就不让我安宁。最后我说他当然可以去。毕竟,他是伊桑加的儿子,伊桑加驱赶象群大获成功!"虽然,伊桑加很高兴听到这些恭维话,但依旧一脸阴沉地看着儿子。

"有时我真的担心他会一事无成,"伊桑加说,"在某些方面,他太大胆了。不过,他确实喜欢大象。"

"的确如此,"布里莱特说道,捻着他的小胡子,"如果他在对付大象方面变得像他父亲一样聪明,我们当然会重用他。"

波米尴尬地扭动着身子,眼睛朝下,光着脚趾在地上做记号。他知道父亲对他冒失地打扰白人长官有些恼火。事实上,波米本人也对自己如此勇敢的冒失行为感到惊讶。但是,他非常想看到大象在围栏中嬉戏!他也非常想见到他的父亲,自从这次辉煌的胜利消息传来,他比以往任何时候都为他父亲感到骄傲!他在布里莱特办公室门口徘徊了几个小时,试图鼓起足够的勇气平静地进去。最后,他还是战战兢兢地走进去了……

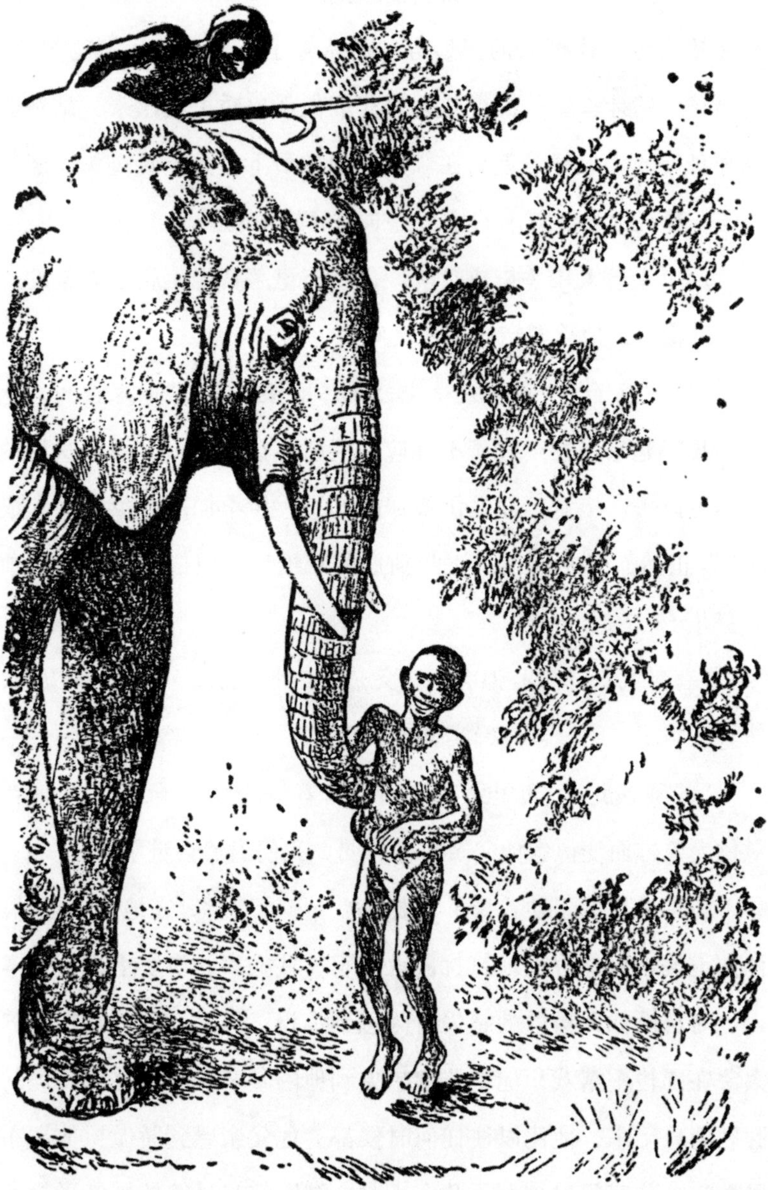

"棒极了！"布里莱特说

"快带我们看看大象，"布里莱特说，"让我们看看围栏里捕捉到了什么。"

布里莱特领着伊桑加和乌林吉来到木墙前，从圆木立柱之间的一个开口往里看。经历大半个晚上的疯狂吼叫后，象群终于安静下来了。只有十几头大象仍旧不时地举起它们的鼻子，发出巨大的、恐惧的咕噜声。布里莱特盯着缓慢转动的大象群看了很长时间。然后他沿着围栏木墙走到另一个地方，又看了看。他用敏锐而又经验丰富的眼光评估此次收获，估量大象的大小，计算可以接受训练的数量。

最后，当他转向伊桑加时，已是满脸喜悦。

"太好了！"他喊道，"太棒了！这是我多年来见过的最好的象群。正如你所报告的，我们能从中得到十到十二头。"

波米站在旁边，听到这位穿着华丽亚麻套装、上嘴唇满是胡须的白人对他父亲的聪明才智的赞扬，他激动不已。波米一直对布里莱特的小胡子充满好奇，老是猜测它是如何长得这么尖的。

对这次驱象行动的成功，布里莱特先生非常满意，心情非常愉快。他不吝辞藻地赞扬乌林吉在如此短的时间内建造了如此坚固的围栏。随后，他用斯瓦希里语向参加这次活动的三百多人发表了简短的讲话，赞扬他们的辛勤劳动。

然后，这些当地人急切地排队接受他们的礼物。他们每个人，包括俾格米人和其他人，都得到了一卷色彩鲜艳的印花布，他们的眼睛充满了喜悦；四个黄铜环，每只胳膊两个，他们立刻戴上，骄傲地挥舞着铜环，悦耳的叮当声响彻云霄；布里莱特先生还为他们的手工烟斗提供了一些烟草。

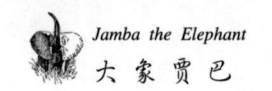

头脑简单的当地人看着自己赢得的奖品，高兴地手舞足蹈。他们兴高采烈地聚在一起，热烈地交谈着，有的人把烟斗装满，当场点燃，抽了起来。

很快，他们离开，匆匆返回各自的村庄，他们急着向家人展示所得的礼物。他们的工作已经完成，直到下一次驱赶大象的时候才需要他们，那可能是两三年后的事了。分发完礼物，布里莱特也准备返回博农加，他只带了一头大象和一个驯象师。

"象群越来越安静了，"离开时，他对伊桑加说，"明天早上，你应该能把它们带到博农加。"

那天晚上，波米在围栏木墙附近露宿，紧挨着父亲。

就这样，波米平静地躺在围栏外，睡得十分香甜，尽管他的双耳一直警惕地听着围栏里传来的声响。他听到了被俘大象的咕噜声，时不时有一头恐惧复发的大象发出尖厉的叫声。当然，紧挨着他的是父亲——独一无二的伊桑加的均匀鼾声。

波米知道，明天他会看到他从未见过的行动。他会看到将要接受训练的大象被挑选出来，然后和他们一起前往博农加的训练场。一想到此事，他就兴奋得睡不着——实在不想睡觉。这一切只是一场美梦吗？这些事真的会发生在波米——伊桑加之子的身上吗？

他伸出一只手使劲捏了捏自己的手臂。是的，他感觉到了疼痛。

这是真的！

驯服愤怒

　　天刚蒙蒙亮，波米就起床跑到围栏处，从一个洞口窥看里面的大象。一看到关在围栏里的巨兽，他就有一种前所未有的亲切感。曾经很多次，只要有机会，他都会在博农加的训练场观看驯象师照料训练有素的大象。他从来没有见过有这么多野生的、未被驯服的大象。

　　它们现在相当安静，虽然很不自在，就像任何野生动物第一次被囚禁时一样。就在波米附近，在木墙的另一侧，一头体格健壮的年轻公象静静地站着，好像睡着了。它是一头高贵的巨兽，大约十五岁，波米用赞赏的目光仔细打量它。

　　他跟大象说话，似乎大象都能听懂。

　　"你是他们将带出去训练的大象之一，"他说，"你跟我差不多大，大个子。我希望他们能让我训练你。"

　　大象转过身来，直瞪瞪地看着他，张开两只大耳朵。

　　"是的，"波米点点头说，"如果我站在木墙里面，你可以轻而易举地干掉我。但是我们之间隔着三英尺厚的木墙，大个子！"

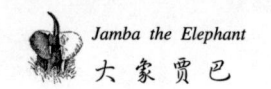

大象疑惑地盯着他看，一动没动。它的长牙尚未完全长成，大约只有三英尺长，一对宽而长的耳朵边缘有少许凹痕，状如扇形，看起来很整齐。它的一侧肩膀上有一个一英尺长的伤疤，波米猜测这是很久以前与另一头大象搏斗时留下的痕迹。

"我给你起个名字，"他继续劝说，"我们所有的大象都有名字。我们有邦戈，我们有利奥波德国王，我们有伦迪、杜卡、加丹加等等。我该叫你什么呢？"波米全神贯注地看着它，紧皱起眉头。

"有了！"他突然惊喜地喊道。"贾巴！我们会叫你贾巴。一个比利奥波德国王更好的名字！"

就这样，贾巴得到了它的名字——一个很快就会被博农加的每个人知晓的名字，一个会在缓慢地摇头时脱口说出的名字。

突然，波米听到身后传来轻微的声响。他吓了一跳，转过身来。他的父亲伊桑加站在身后，双手叉腰，脸上略带讥讽的笑容。

"很好，"他说，"你已经挑出了你的大象，并给它起了名字。你也想训练它！我们会看到的，我的年轻勇士！我们会看到的。"

波米困惑不解，意识到父亲已经站在身后好一阵子了，听到了他对大象说的所有话。"这只是游戏，"波米解释道，"当然，如果给我一次机会，我想我可以训练好它。"

伊桑加点了点头。"你认为你能驯化它吗？一个好的驯象师应该知道他能否训练所选的大象，否则他极有可能被所训的大象杀死。我的孩子，驯象师需要好几年的努力。不要成为一天换一头大象的驯象师。"

伊桑加盯着大象。"它们很安静，"他接着说，"今天我们可以不费吹灰之力地出入围栏。这头大象就是你称之为贾巴的大象吧——它确实是头漂亮的巨兽,但我不喜欢它的眼睛。可以肯定,这家伙很难驯化。"

波米大吃一惊。"可是,爸爸,我一直在跟它说话,它也深情地盯着我,像小狗一样温柔!"

伊桑加是整个刚果最了解大象的人,他睿智地点了点头,说:"它看起来很温顺,这是真的。也许,它只是会忍耐,脾气其实很坏!"

伊桑加转身开始了一天的工作,波米继续在木墙外盯着这头小象。

"我父亲一定是对的,"他对这头野兽说,"因为他从来没有错过。你的脾气一定很坏。但奇怪的是,在我看来,你一点儿也不坏。"

贾巴一直用眼角的余光盯着波米,低声哼了一声就走开了。

现在,波米等待已久的奇观出现了。一个接一个的驯象师骑着大象来到了围栏大门外,他们的大象之前被拴在围栏附近。十二名驯象师到齐了,每个人的脖子上都挂着一条结实的铁链。这些驯象师可以轻松地骑在大象肥硕的颈背上,他们手里除了铁链,其他什么也没有拿。

围栏的大门被缓缓吊起,两名驯象师指导他们的大象进入围栏内部,那里关押着近百头野生大象。

波米一直痴迷地盯着门口。谁料一头大象挪移过来,完全挡住了他的视线。他环顾四周,确保父亲不在附近后,便迅速爬上木墙,坐在一根粗壮的大木梁顶上。从这里,他能眺望移动的巨

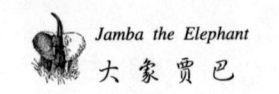

兽海洋而不错过任何细节。

象群在远离大门的那一侧紧紧地挤在一起，占据了大约一半围栏的长度。它们在木墙里待了不到两天，几乎从未停止走动。几天前，围栏里的土地上还长满了深深的杂草和灌木丛，现在都已经被踩成了光秃秃的、黑黢黢的、坚实的土地。除了紧靠木墙大象的脚无法接触的地方外，围栏里其余的地方再也没有留下任何绿色植被的痕迹。

波米呆若木鸡地往里看着象群。这里有各个年龄段的大象。有几头非常高大的公象和母象看起来非常老，可以肯定它们在很多年前体型就已经达到了最大，时间甚至早在波米出生之前。有几头幼象非常小，它们坦然地站在母亲的肚子下面，柔嫩的灰黑色的象皮上几乎没有皱纹。有些大象长着巨大的弯曲象牙，每根象牙都比一个成年男子重得多。有一群大象像贾巴一样，长着半长的象牙；还有一些年轻大象，它们的獠牙刚刚从嘴里露出来。

虽然它们都惊恐不已，但并没有惊慌失措，只是仍然困惑为何被囚禁，对两头训练有素的大象及其驯象师的到来倍感不安。

驯象师双膝跪在象颈处，双腿叉得很开，以便身体更加稳固。随着象群的移动，两头训练有素的大象也轻松迈开大步，径直挤进象群，缓慢穿行。

波米惊得瞪大了双眼。他的父亲曾多次告诉过他这一过程，但这是他第一次看到。为什么野生大象不伸出象鼻，抓住黑皮肤的驯象师，把他摔成碎片？波米不明其理，只是从小被告知，它们从未这样做过。如果一个人单独走进围栏，他会当场被杀；但只要他骑在一头训练有素的大象背上，他就相对安全。

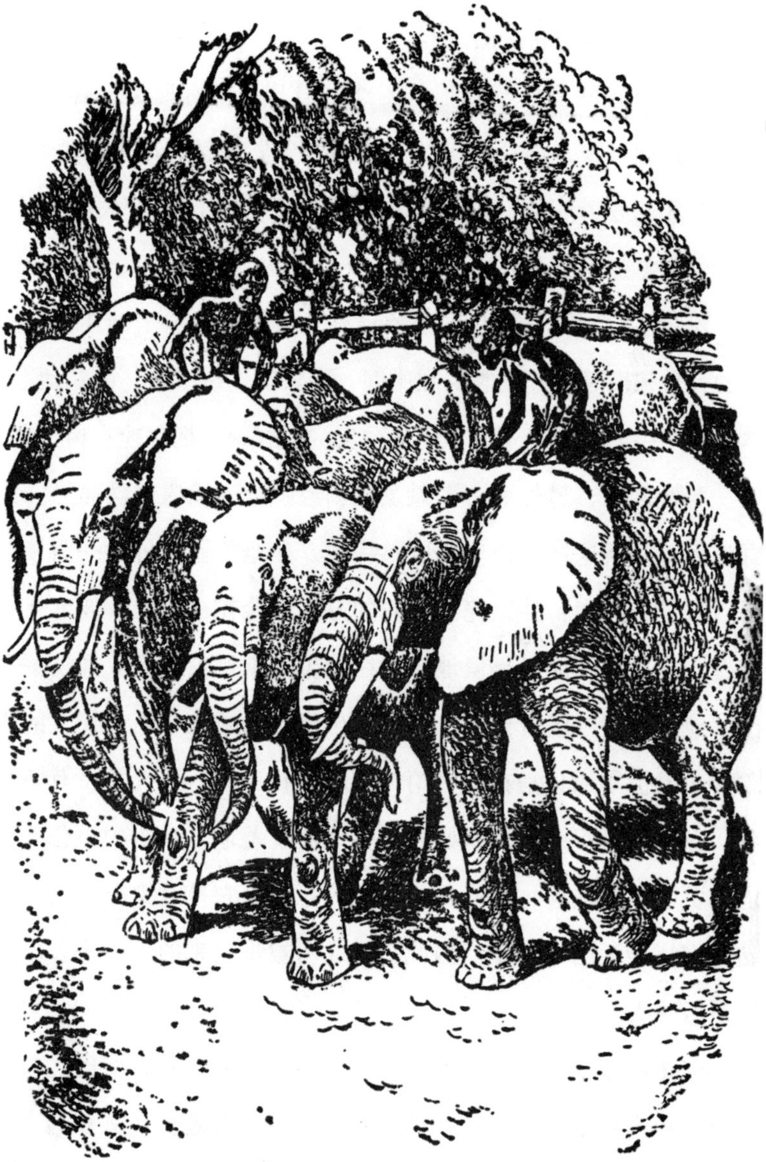

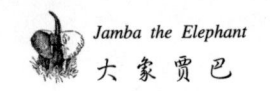

Jamba the Elephant
大象贾巴

驯象师挑了一头年轻的公象,两人驱使座下大象走向它的两侧。这两头大象非常聪明,它们谨遵主人命令,将所选公象紧紧夹在中间,开始把它赶出象群。

这头年轻的公象感到很是困惑,但几乎没有反抗。有一次,它试图挣脱逃走,但一头训练有素的大象立即猛扑过来,瞬间让它改变了想法。慢慢地,它被推出象群,走到门口。大门开了,那两名驯象师和三头大象出来,进入了森林。

没走多远,那头野生的公象就被一根粗壮的树干挡住。它两侧的大象依旧紧紧地把它夹在中间,驯象师们跳下来,卧在地上,熟练地用手臂粗的绳索套住野生公象的后脚踝,把它拴在树干上。

与此同时,另外两头大象及其驯象师进入围栏,诱捕另一头野生大象。就这样,慢慢地,熟练地,其他年轻的公象一头接一头地被带了出来,并以完全相同的方式被拴在树干上。波米在一旁看着,对这些无所畏惧地穿梭在野生大象群中的驯象师羡慕不已。他真希望亲眼看到父亲完成这件事,他被认为是最伟大的驯象师。但伊桑加只是在围栏门口忙着监督工作,那天并没有骑大象。在整个过程中,波米始终敏锐地注视着他喜欢上的小公象贾巴。贾巴显然被这一番操作弄得心烦意乱,它挤过象群,紧张地站在围栏最远的角落里。因此,它成为被带出来的十一头公象中的最后一头。

波米兴奋地看着两个驯象师骑象穿过象群,直奔贾巴。对于贾巴,他当然不会认错,在训练有方的本地人眼里,所有的大象都不相同,即使没有它不同寻常的凹陷耳朵和肩膀上的伤疤,波米也能轻松认出它来。

当两头受训的大象逼近贾巴时,贾巴的鼻子愤怒地竖了起来。它怒气冲冲地尖叫一声,甩动鼻子迅猛击出,旋即在被困住前跳开。

驯象师驱动坐骑穿过拥挤的象群,又尝试了一次。贾巴又一次发出尖叫,在它即将被困住前就迅猛跳开了。

但是这些驯象师毕竟身经百战,他们见过类似性情粗暴的小公象,懂得如何处理。只见他们巧妙地引导大象,将贾巴慢慢驱赶到坚固的木墙边。随后,两头大象毫不留情地用自身庞大的身躯将贾巴牢牢压在身下。其中一名驯象师立即拿起绳索套在贾巴脖子上,把绳索扔向另一名驯象师。他接到绳索后,将绳索从贾巴脖子下穿过去,让第一个驯象师抓住绳头。然后,他在绳子上打了个死结,把绳子自由端系在座下大象的铁链上。

就这样,两头受过训练大象中的一头拖着绳子,另一头在后驱赶,将贾巴赶到围栏大门边。贾巴愤怒地尖叫着,拼死挣扎,试图逃跑,但徒劳无功,它被强行拖出了大门。一头大象对这头年轻的公象怒不可遏,毕竟它制造了太多麻烦,它扬起鼻子,狠狠地抽打贾巴,打得它呼吸艰难,不停地痛苦呻吟。

尽管贾巴一路激烈反抗,最终还是被带了出来,和其他大象拴在一起。当伊桑加看到这头强壮的小公象依旧在疯狂地挣扎时,无奈地摇了摇头。

"好一头漂亮的公象,"他说,"像猎豹一样野。这家伙会给我们带来很多麻烦的。"

伊桑加最后一次仔细地观察了围栏内部,估量了所有剩余的大象。

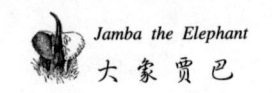

"我们没有更多的公象可以利用了,"他最后说,"余下的要么太年轻,要么太老。我们有十一头,训练它们时遇到的麻烦不会少。"

每一个班图族土著人都知道,老象太固执了,很难训练;而年幼的小象,如果被强行从母亲身边带走,它就会陷于沉思和哀伤之中,甚至可能会悲痛地死去。只有那些大到足以忘记母亲但又未完全成熟的公象才适合接受训练,要训练好它们也十分艰苦。

选象任务完成后,大家立即着手准备返回博农加。每头被选中的野生大象都被拴在一头训练有素的大象身边。而贾巴呢,因为它一直在反抗,惹了太多麻烦,被牢牢捆绑在两头拖它出来的大象之间。

在象队离开前,围栏大门被打开了。再过一个小时左右,八十多头大象就会发现它们不再被囚禁。它们会在那头只有一根长牙的首领率领下,走出围栏,重返森林,那是它们的家——自由的荒野,它们就是从那里一步步被引诱过来的。它们永远不会明白它们是如何被囚禁在木墙内的,也不会理解是如何被释放出来的。

在返回博农加的路上,波米和他的父亲坐在一头叫利奥波德国王的大象的头顶上,利奥波德国王是所有训练有素的大象中最大的。一根比波米手臂还粗的粗麻绳从利奥波德国王的链带上绕到了贾巴的脖子上。贾巴同样被拴在另一侧的杜卡身上,杜卡是另一头受过训练的大象。

刚开始,贾巴不断制造麻烦。贾巴时不时拉紧束缚它的绳索,奋力往后拉,试图逃脱。但是利奥波德国王和杜卡,这两头聪明而又忠诚的巨兽,对它来说过于强大了。它把四只脚死死地顶在地上,好像在说:"我绝不再往前走了。"利奥波德国王和杜卡使劲拉着它前行。

最后,利奥波德国王逐渐对这头麻烦不断的年轻公象失去了耐心,扬起鼻子狠狠抽了贾巴一下。之后,贾巴态度有所改观,老实了许多,毕竟利奥波德国王可不是一头好惹的大象。波米看着巨兽与巨兽之间无声的搏斗,眼睛都亮了。这个新来的家伙——这个他起名为贾巴的大象——是一个有勇气和朝气的大象!波米坐在利奥波德国王的头顶上,几乎可以俯身触摸贾巴宽阔的后背。这让他有一种奇怪的感觉,如果他坐在贾巴的背上,贾巴几乎肯定会击打并杀死他,而在这里,在利奥波德国王的背上,他却相当安全。如此一位闷闷不乐的家伙,可以想象这头野生大象是多么难训练啊。然而不知怎的,波米有一种感觉,他可以训练它。他冲动地转向父亲。

"我知道我能驾驭它!"他喊道,"让我来训练它吧!我已经观察驯象师并帮助他们很多年了。我知道训练大象时应该做什么。让我来训练这个贾巴!"伊桑加疑惑不解地看着儿子,随手从路旁的树上折断一根树枝。

"你是个好孩子,波米,"他说,"你已经学到了很多关于大象的知识。但你还需要学习更多。这个贾巴十分凶恶——我从它的眼中就能看出来。他会把你卷起,像这样轻松折断你的骨头。"

说完,伊桑加握紧他强壮有力的手指,折断了手中的树枝。

"还没有到时候,波米,"他接着说,"也许明年吧。在那之前,你必须仔细观察这些驯象师,在他们提出要求时帮助他们,

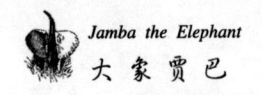

并尽你所能了解这些野兽。"

波米一句话也没有说,但心里充满了怨恨。等等,再等等,他总是被告知要等等!他早已等得不耐烦了。他有一个计划,他可以在不让任何人知道的情况下与贾巴交流。

桀骜不驯者

在博农加,十一头新大象被带进专门为它们建造的训练围栏。在那里,它们的后脚踝被牢牢地拴在铁环上,铁环嵌在混凝土里,深埋在地下。每个当地人都知道,野生大象是最危险的动物,尤其是当它们被囚禁且受到惊吓和激怒的时候。一头野生大象就够危险了,更别说十一头了。

在帮助驯象师拉绳索时,波米不禁得意地挺起了胸膛。几乎村里的每个人,包括政府专员代理人布瓦纳·布里莱特先生,都到现场欢迎野生大象队伍的到来。波米看到他的玩伴们眼中的嫉妒,他们是多么羡慕自己骑在利奥波德国王的背上啊!确实,有几个父亲是驯象师的男孩经常骑大象啊。在博农加,驯象师的技艺通常由父亲传给儿子,这些男孩在八岁或十岁的时候,就开始协助照看大象了。

但是,从狩猎围栏直接带着一队新的野生大象凯旋,这是一种其他男孩都没有得到过的荣誉!

当十一只小公象被紧紧地拴在铁具上时,布里莱特和伊桑加

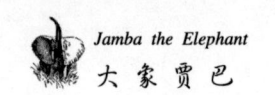

一起慢慢地走在它们前面，仔细打量它们。布里莱特心不在焉地捋着小胡子，不停转动着他那修剪得整整齐齐的拇指和食指，小心翼翼地和这些神经高度紧张的动物的鼻子保持着安全距离。

"这头看起来很结实，"他点头说，"那头——也许有点年轻，你认为呢？好吧，我们拭目以待吧。谁知道呢，也许它会成为最好的。现在，看这头强壮的家伙。"

"嘿！"

布里莱特发出了一声惊叫，大象猛地冲向铁栏，扬起鼻子在空中疯狂地挥舞着，并发出"嗖嗖嗖"的怒号，鼻尖距离这位政府官员仅一英尺远。

"好一个邪恶的家伙！"他喊道，脸色吓得有些苍白。"它不喜欢被囚禁。"

伊桑加忍不住笑了笑，因为这个肥胖的白人长官敏捷地跳到了一边。

"是的，它不喜欢，先生，"他同意道，"它脾气很暴躁，你从它的眼神中就可以看出。我们叫它贾巴。它给我们添了许多麻烦，直到利奥波德国王把它摆平。"

布里莱特噘起嘴。"训练它可能需要很长时间，但我认为这是值得的。我们应该安排最好的驯象师负责贾巴。我们最好让贝卡尔照料它，好吗？"

布里莱特检查完，用一支闪亮的银铅笔在他随身携带的笔记本上记下清单后，驯象师抱着一大堆干草和新剪下的树枝给新来的动物吃。波米立即上前帮忙。他们小心翼翼地几乎将自己完全藏在干草堆下，摇摇晃晃地进入训练围栏。看好距离后，驯象师用棍子挑着食物,将它们放在动物的鼻子够得着的地方。然后,他们立马出去,关上了身后的栏门。如此持续了三天,驯象师每天只进入训练栏一次,为动物们带来更多的饲料。他们还没有尝试接近或训练它们。训练大象是一个漫长而艰苦的过程,根据大象的性情,一次可能需要三到六个月的时间。这个过程不仅极其缓慢,而且异常沉闷。

这其中还充满了可怕的危险,因为在那些坚韧如钢,满是肌肉的鼻子里,潜伏着不可预知的突然死亡!当第一次被带进训练围栏时,大象们很紧张。它们那布满皱纹的小眼睛,与庞大的身躯相比,显得是那么细小,因为恐惧而警惕地环视四周,它们是野生动物,习惯了四处漫游,整个辽阔的森林都是它们的猎食场。

现在它们被束缚住了,只能移动前腿。它们不停地试图逃跑,一小时又一小时地疯狂挣扎,以求挣脱束缚。它们不断地使出浑身解数向前冲,沉重的麻绳拉得宛如弓弦。无奈绳子太结实了,很快麻绳就给这些野兽的脚踝戴上一道光滑的脚环(绳索勒出的印痕)。驯象师知道这一切。他们曾看到它一次又一次地发生。他们知道这些大象一直处于极度恐惧之中。三天的时间不足以让它们适应脚下的绳索,适应它们周围的人造围栏,适应弥漫整个训练场的人的气味!

第四天,训练正式开始。十一名驯象师进入训练场,都留了下来。他们开始用手喂大象干草和树枝,以赢得大象的好感和信任。

一些大象因被囚禁而而倍感悲伤,很少或根本不吃鼻子下方的饲料。贾巴就是如此,压根没用它的鼻子碰一下食物。而当驯

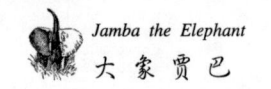

Jamba the Elephant
大象贾巴

象师上前喂食时,这些野兽都很疑惑、紧张和愤怒。

那十一个男人只缠着腰带,手里拿着一束束干草。十一头大象中的每一头都没有伸鼻子去接食物,而是扬起鼻子,快如闪电般击出,试图抓住眼前的人。

但驯象师们小心翼翼地躲在它们鼻子够不着的地方。对这些奇异如悬鞭的鼻子,他们有种虔诚的敬意,这些"悬鞭"有时软绵无力地耷拉着,有时以闪电般的速度挥出。他们太清楚"悬鞭"里所蕴藏的可怕的肌肉力量了。在他们当中,几乎每一个人都见过某个人被它们抓住,被狠狠摔打和碾压,甚至丧命。

只因犯了一个错误,一个小小的疏忽,唉,驯象师的生命有时真的不如一株腐烂的芭蕉。

但这些人都很灵活,也都很有耐心。

他们依旧不断地向大象递食,尽管大象只是愤怒地攻击。

这一天的大部分时间里,他们都是如此,一边用温和的语调和大象交谈,试图让大象习惯他们的外表和声音。因为在训练大象时,永远不要改变一条规则:一个人训练一头大象,只要大象接受了训练,就会认同他,并永久把他当作自己的驯象师。大象会逐渐将这个人当成它的主人,开始了解他的外表、他的步伐、他的说话方式,并永远对他忠心耿耿,尽管它可能对其他人也很友好,并遵从他们的命令,但它绝不会给予他们这种含蓄的敬拜。

直到正式训练开始后的第三天,一些大象才开始放松下来,接受驯象师的食物。到了第五天,除了贾巴,它们都接受了食物。

波米舒服地坐在阳光下,看着驯象师和野兽之间怪异的意志较量。他懒洋洋地吮吸着甘蔗，看上去好像睡着了一样；但他的目光从未从驯象师贝卡尔和贾巴身上挪开。贝卡尔是一个瘦骨嶙峋的班图人，不再像以前那么年轻了，他的皮肤黝黑如黑烟，鼻子又宽又胖。他在训练贾巴时，不停地抽着烧焦的烟斗。他有一条弯曲的腿，多年前被一头发疯的大象折断了，从来没有矫正过。

尽管有致命的缺陷，但他依旧行动敏捷，似乎不知恐惧为何物，他的声誉在所有驯象师中仅次于被誉为"大象的兄弟"的伊桑加。

日子就这样一天天流逝，贝卡尔一点也没有变得不耐烦，尽管除了他所训的大象外，其他大象都已从驯象师手中取食。尽管贾巴始终怒气冲冲地尖叫，并多达百次扬起鼻子试图抓住他，但他仍然坚定不移地完成自己的工作。一天，贾巴似乎已经饿极了，它吃了摆在它面前的和地上的食物。但是，只要贝卡尔一靠近，它就狂怒起来，使劲拉扯绳索，鼻子不听使唤地乱舞。贝卡尔一直在努力靠近，波米也一直在一旁观察。观察的时间越长，波米就越相信贝卡尔的努力是徒劳的。正是由于贝卡尔，贾巴似乎正成为无法训练的大象。然而，波米始终无法忘记贾巴那天在围栏里对他的温顺神情。

"贾巴讨厌贝卡尔，"波米自言自语道，"这不是贝卡尔的错，但这头野兽就是不喜欢他，这显而易见。但我——我想我能让它喜欢我。只要有合适的驯象师，任何大象都能训练好，它只不过需要一个它喜欢的驯象师。而我就是贾巴喜欢的驯象师！"

波米终于受不了了。他站起来，走向贝卡尔。

"这个贾巴很难对付，对吗，贝卡尔？"他谨慎地问道。

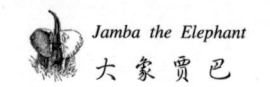

贝卡尔宽大的鼻子皱起。"简直是头恶鬼,"他酸溜溜地回答,"它就是一头披着象皮的魔鬼。看来我得花整整一个赛季的时间来打破它的固执,否则我就不叫贝卡尔。"

波米犹豫了一下,说:"贝卡尔,整天站在烈日下,你一定很累吧。"

"这当然是一件累人的事,但必须做。"贝卡尔又一次躲开了贾巴的鼻子。波米露出了他最得意的笑容。"你去那边休息片刻,贝卡尔,"他温和地建议道,"坐在树阴下,让我站在这里,给贾巴喂点吃的,好吗?"

贝卡尔狠狠地瞪了他一眼。"假设你闭上你愚蠢的嘴,那么就不会有苍蝇嗡嗡地飞了,"他厉声说道,"你要代替贝卡尔吗?在你出生之前,他就在训练大象!你们这些乳臭未干的家伙,应该待在家里帮你们的母亲做玉米面包!虽说你是伊桑加的儿子,但还不能取代贝卡尔。如果我让你来,伊桑加本人会狠狠地揍我一顿的。混蛋!快走开!"

"但是,贝卡尔,我永远不会再听'快走开'了。"

波米倍感羞辱,垂头丧气地转过身走开,身后响起了其他驯象师的嘲笑声。贝卡尔狠狠地骂了他一顿,这给其他人增添了很多快乐。波米,他的希望破灭了,他的自尊心受到了摧残,坐在不远处生闷气。

这个贝卡尔,他只会夸夸其谈,却没有一点儿智慧!任何明眼人都能看出贾巴不喜欢他,一点儿也不喜欢他!任何人都可以看到即使贝卡尔尝试一百年,也不会取得任何进展!也难怪,他总是用臭气熏天的烟斗抽烟,烟从他的大嘴里袅袅吐出,钻进了贾巴的鼻孔！

波米气坏了，心里满是永远不敢当着贝卡尔的面说的恶毒话。愤怒之下，他多少有点丧失理智。

在愤怒之下，冲动的他决定实施一个非常鲁莽的计划，自从他第一次在围栏中看到贾巴以来，他心中就一直在琢磨这个计划。

第二天早上，波米早早起床，天空仍然很黑，只有东方有一小片是灰色的，星星依旧在空中闪烁。他屏住呼吸，偷偷溜出他父亲的小屋，以免被人听见。出来后，他快速穿过村子，经过一幢黑色的木质的政府大楼（只有那里有真正的玻璃窗，透过玻璃窗可以清楚看到外边的一切），直奔训练场。

父亲伊桑加拒绝了他，贝卡尔羞辱了他——所有人都拒绝了他！既然他彬彬有礼地提出要求，仍遭到了嘲笑，波米就打算偷偷地训练贾巴！

天还很黑，他轻而易举地爬上了栅栏墙，从另一边悄无声息地滑下来。黑暗里，他只能看到十一头大象的模糊轮廓，它们仍然被拴在钢筋水泥做的铁环上。

现在做任何事情都为时过早。如果他现在走近野兽，可能会惊吓到它们；此外，必须有足够的光线，他才能清楚看到贾巴如同钢鞭一样的长鼻子！

他颇不耐烦地坐了下来，静静等待，他知道在驯象师开始他们一天的工作之前，他还有足够多的时间。他激动得心怦怦直跳。白天永远不会到来吗？

不久，附近森林里的鸟儿开始叽叽喳喳地叫了起来，东方的灰色地带慢慢扩大向天空延伸。最后，第一缕粉红色的光芒直射

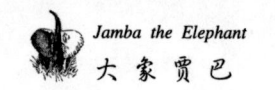

到树上，整个训练场沐浴在玫瑰色的光辉中。当波米能看清贾巴锯齿状的耳轮时，他知道自己该行动了。

他走到训练场角落里的一堆干草旁，张开双臂抱起一大捆干草，走向贾巴。

波米的心怦怦直跳，喉咙如堵，双膝发软。他违反了一条严格的规定：任何人不得进入训练场，除非驯象师在场并允许。他正在打破这条规定，一旦被人发现，他将受到严厉惩罚。

此外，他还将与贾巴对峙，毫无疑问，它已成为所有新大象中最凶恶的一头，即便是驯象老手的贝卡尔也无法驯服它！他是否该放弃他的疯狂计划？是不是该掉头回到小屋继续睡觉呢？

波米很快打消了自己的顾虑。"我会坚持到底的，"他告诉自己，"我绝不是胆小鬼。我必须充满自信。我不能让贾巴认为我怕它。一旦大象知道你害怕，你就彻底输了。"

他把干草放在离贾巴头几步远的地方，全神贯注地盯着那只巨兽，让它不至于像以前那样紧张。贾巴静静地站着，半卷着鼻子，不时摆动细长的尾巴驱赶可恶的蚊蝇。它眨了眨眼睛，看着波米，平淡如水的目光中似乎带有一丝惊讶。

突然，一件神奇的事在波米身上发生了，他的紧张情绪消失了。他变得异常冷静，坚信自己能驾驭这个高高在上的庞然大物。他是伊桑加的儿子，伊桑加是他们中最伟大的驯象师，他会向他的父亲证明他是一个值得尊敬的儿子！

波米直视着贾巴的眼睛，用柔和、坚定的语调说："大个子，你太刻薄了，这只是因为你没有合适的教练。我，波米，现在是你的教练！总有一天，你会服从我的每一个命令。你会抬起你的

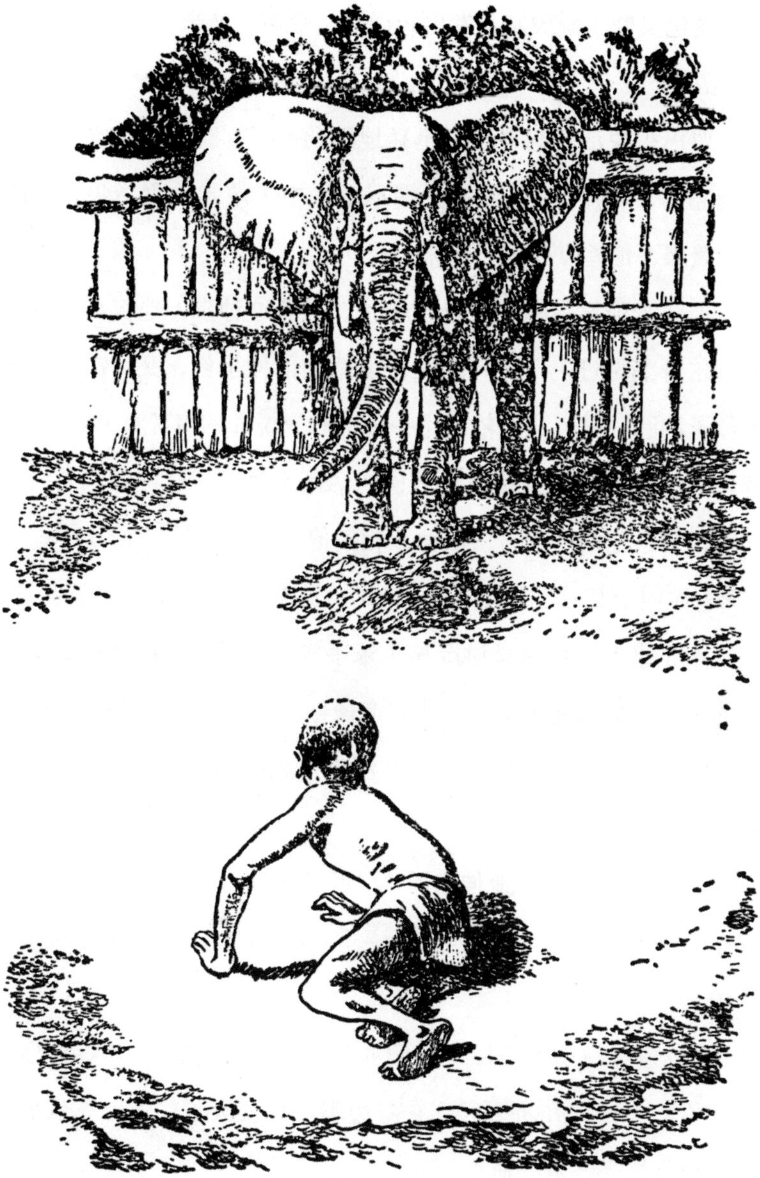

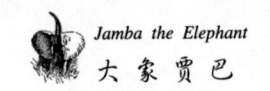

脚,我会在它下面躺下。你会用鼻子把我卷起放在你的背上。因为我,波米,是你的主人。别忘了这一点。"

贾巴又眨了眨眼睛,发出轻微的咕噜声。波米抓起一把干草,朝大象伸过去。

贾巴很快活跃起来了,迅猛地甩动鼻子,瞬间划破空气,发出响亮的"哨声"。鼻子的尖端不幸击中了波米的食指尖,一阵刺痛袭来,他差点儿惊叫起来。

但波米强忍疼痛,丝毫不气馁。毕竟这种事,他曾在可怜的贝卡尔身上见过上千次。他又把干草向前伸了伸,又一次感到大象鼻子刮起的微风。他依旧用一种平和、悦耳的声音对大象说话,就像那些驯象师做的一样。他说的话毫无意义,这样做只是为了让贾巴知道他的声音,认出他,相信他。

"你叫贾巴,"他低声说,"我叫波米。他们都说你很邪恶,但这不是事实。你只是讨厌那个笨手笨脚的贝卡尔,他那奇臭无比的烟斗让你皱起了鼻子,我怎能怪你厌恶他呢。但是你喜欢我,不是吗,我的贾巴?你第一次在围栏见到我的时候就喜欢我,不是吗?"

波米一次又一次地伸出手来,手里拿满了干草。很多次,他都把手缩回,以避免贾巴被像鞭子一样的鼻子以闪电般的速度击中。

"难道你只是个不懂事的婴儿吗?"他轻蔑地说,"难道你还想念你的母亲,并希望回到它身边吗?你长大了,贾巴。从现在起,你将接受波米的命令!"

血红的朝阳袅袅升起,不久就挂上树梢。天完全亮了,波米仍在努力尝试，一次次满怀诚意地伸出干草，但贾巴仍然只是凶狠地甩打它的鼻子作为回应。

奇迹发生了。

就在贾巴正要再次发动恶毒一击时，它似乎在中途改变了主意，突然，它的鼻子放缓了速度，停在空中，尖端开始向上卷曲。它停在空中犹豫了很长一段时间，波米则一直均匀地呼吸。

终于，贾巴伸出鼻子，抓住波米手中的干草，塞进嘴里，开始咀嚼！

波米高兴得想跳起来，但他不能，因为驯象师在靠近一头新大象时，从来不快速移动或大声喧哗。

"太好了，贾巴！"他略显激动地小声说，"我们会相处得很好，我看得出来！"

他把手伸进腰间，抽出一根插在腰带上的甘蔗，递给贾巴。

贾巴小心翼翼地接过它，津津有味地咀嚼着。波米给了它一些干草。它接过干草。波米兴奋得忘乎所以，完全忽视了时间的流逝。

他真的忘记了——直到他听到训练场门口有声响。

驯象师——驯象师来了！他们正在开门！如果被他们逮住……想到可怕的后果，波米不寒而栗。

一条黑影如闪电般冲到墙边，转眼间波米消失在墙外。

他及时结束了这一切，躲过了贝卡尔。可怜的贝卡尔早早赶到，开始琢磨如何对付那头麻烦的野兽——贾巴！

不可救药!

每日清晨,波米都偷偷溜出他的小茅屋,光着柔软的双脚跑到训练场,去喂养贾巴,尝试与它交流。每次尝试后,他都对自己驾驭这头巨兽增添了一份信心。他足够聪明,总是缓慢地、小心翼翼地靠近贾巴,他知道,在一头野兽没有完全臣服之前,做任何事情都千万别想当然。

波米一向早起,因而当他的母亲每天醒来,发现他已经出去的时候,她一点也不会多想什么。如果父亲伊桑加在家,他可能会起疑心,但他此时远在森林中的伐木营地里砍伐乌木,要过好几个星期才回来。就这样,随着时间的推移,贾巴已明显认可了波米。每次他前来喂食,贾巴就会轻轻地晃动一对大耳朵,伸出鼻子吃他手中的东西,尽管它鼻子下方有一堆非常好的干草。波米已记不清给它喂了多少把树叶和干草,偶尔他还会给它一根甘蔗,以奖励它的友好行为,贾巴非常喜欢吃甘蔗。尽管如此,波米依旧小心翼翼地避开它的威力无比的鼻子。训练大象的第一步刚刚完成,谁也难料随后会发生什么。

不可救药！

　　白天，波米总是幸灾乐祸地看着贝卡尔不断徒劳地尝试让贾巴接受他提供的食物。不用说，贝卡尔依旧没有取得任何进展。他一次也没有成功地伸出手喂食，却屡遭贾巴用鼻子愤怒地攻击。

　　随着时间的流逝，贝卡尔依旧重复做着那吃力不讨好的工作，越做越发心酸。一次次的失败和迟迟没有进展，极大伤害了他的自尊心。其他的驯象师同情地看着他，因为其他十头大象早就变得非常友好了。有些人甚至进入了第二阶段的训练，包括在大象的腰部系一根绳子，然后一次又一次地爬上大象的背，小心翼翼地避免弯曲的、能向后攻击的象鼻。倘若一个驯象师不如贝卡尔那样坚定，他早就选择放弃了，但贝卡尔绝不会放弃。他曾发誓要改变这头野兽的固执，彻底征服它。如果他承认失败，他将颜面扫地，他无法忍受。不仅如此，他还感受到波米眼中的嘲讽，波米每天都在死死盯着他。他知道，如果自己放弃，他会满心欢喜。这个淘气的年轻人的出现对贝卡尔来说，就是一种无形的挑战。

　　因此，他咬紧牙关，叼着那根散发着酸味的烟斗继续尝试着。几天过去了，几周过去了，他仍然在努力，在无比烦躁中吹着一团团蓝色烟雾。

　　终于有一天，他的耐心得到了回报。贾巴接受了他的干草！

　　波米懒洋洋地躺在旁边，看到这一幕，立马坐了起来。他有点懊恼，尽管他不得不佩服这位瘦骨嶙峋、弯曲着腿、永不放弃的驯象师的百折不挠的毅力。但他依旧有一种莫名的懊恼，因为在他心中，他一直觉得贾巴是他的大象，只属于他一个人，他始终相信贾巴不会和别人交朋友。

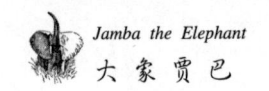

Jamba the Elephant
大象贾巴

贝卡尔露出了久违的笑容，满脸欣喜地转过身来，看着旁边的小驯象师。

"仔细看好，"他得意地说，"告诉我这不是在做梦。这头邪恶的野兽刚刚从我手中取走了干草。看看它是否还会这样做。"

贾巴重复了一次，一旁的小驯象师点了点头。

"的确如此，贝卡尔，你不会以为自己在做梦吧。要是其他人，早就放弃了训练贾巴的希望。"

"我也差不多，"贝卡尔附和道，"它是我见过的最固执的大象，真的如一个魔鬼。但现在，这场战斗已经胜利了一半。"

贝卡尔重新燃起热情继续他的工作。几天后，他判断是时候开始第二阶段的训练了。驯象师带着两头训练有素的大象来到训练场，把它们放在贾巴的两边。随后，驯服的野兽们紧紧地按住贾巴，让贾巴无法转身用鼻子攻击；然后驯象师用绳子缠住贾巴的腰部，并把绳子紧紧地系住。

贝卡尔开始了第二步，他走到贾巴身边，轻轻拍打它的肋骨和后腿，一直用鼻音哼着歌对它说话。贾巴已习惯于让贝卡尔站在它面前了。现在，贝卡尔想让这头野兽接受他站在它的身边。

贾巴的后脚踝依旧被铁环紧紧地束缚着，而它无法从铁环中挣脱出来。它的后脚仅能移动几英寸[①]。它能活动的只有前腿和鼻子。

当贝卡尔第一次拍打贾巴的侧身时，它立即发出了一声惊恐的尖叫，努力将鼻子向后挥舞，试图够到驯象师。贝卡尔小心避开象鼻，并坚持了下来。对于任何其他大象来说，这项训练只需

---

① 英美制长度单位，1英寸约等于2.5厘米。

要一天的时间,但对于贾巴来说,它需要三天的时间才能接受贝卡尔站在身边,而不再进行反抗。

现在,贝卡尔进入了最艰难、最危险的训练阶段。他站在贾巴身边,用力抓住缠绕大象腰部的绳子,迅速地爬上象背。

贾巴怒吼起来。它向后仰起身子,抬起前腿,猛地转过头,狠狠地将鼻子往后甩,一对小眼睛因仇恨而涨得通红。

贝卡尔为了避开如钢鞭的象鼻,不得不从大象背上滑落到地上。这些都是白天的工作。也是意料中的事情。当驯象师第一次骑上未经训练的大象时,它们总是凶猛地反抗。要让一头野兽习惯于一个人骑在背上,需要时间和耐心。

贝卡尔又爬了起来。他又一次使出浑身解数,敏捷地逃过飞驰而来的象鼻,摔倒在地上。这项工作既艰苦又危险,尽管贝卡尔汗流浃背,但他还是用牙齿咬住烟斗坚持着。

每次贝卡尔爬到贾巴的背上,他都是在赌他的命。他一次又一次地这样做,日复一日,却似乎没有一点进展……

波米总是饶有兴趣地在一旁看着,因为他的进步要大得多。

就在贝卡尔用绳子缠在贾巴腰部后的第一天早上,波米提心吊胆地进行了多番尝试。他快速爬上贾巴的背,警惕地看着那只横扫而过的象鼻——它可贴着死亡的标签。

贾巴猛然回击,波米迅速跳到地上。他已经观摩了很多次了,觉得自己就是闭着眼也能完成。他是波米,有着同龄人无与伦比的敏捷,能以难以置信的速度躲过横扫过来的象鼻。

第一天早上,他一无所获。贾巴似乎也憎恨他骑在它背上,就像它讨厌贝卡尔这样做一样。

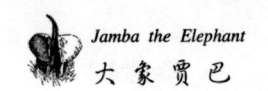

Jamba the Elephant
大象贾巴

但第二天早上,当晶莹剔透的露水如珍珠一样,从训练场外的树上滴落下来时,波米取得了一点进步。贾巴让他在背上躺了两分钟,才将他赶了下来。

经过数个清晨的较量,他赢得了这场战斗。他随时可以爬到贾巴的背上,在那里待上几分钟,而这头野兽只是大口大口地咀嚼干草,并没有攻击他。但波米知道,在贝卡尔开始下一步训练之前,他不能再往前进行了。于是,他反复在贾巴背上爬上爬下,爬了百余次。

贾巴似乎不再反感波米骑在它背上,它一次也没有转身攻击他。现在,波米可以从容与贾巴相处了,这点他确信无疑。他想让这头动物习惯他的存在,让他,波米,成为它身体的一部分。

他在贾巴的背上坐了几分钟。他甚至站起来,小心翼翼地走到它的臀部。他不停地和贾巴说话,时不时地唱一首奇怪的小曲,安抚贾巴紧张的神经,就像驯象师一贯做的那样。这是一首单调的小曲,歌词就像安抚婴儿的奶嘴,毫无意义,是母亲为了抚慰婴儿哼唱的摇篮曲。歌词如下:

乌姆巴杜,乌姆巴迪,乌姆巴多;基拉库,基拉基,基拉科;扎娜祖,扎娜子,扎娜佐。

每次唱完歌曲,波米总会严肃地说:"贾巴是一头库布瓦[①]大象,它永远不会忘记波米是它的主人。"

贾巴只是摆弄着它的尾巴,平静地咀嚼着,似乎已经忘记了

---

① 库布瓦是非洲布瓦里的一个原住民居住区,被认为是西非最大的社区。

这个鲁莽而任性的黑皮肤小男孩在什么地方,更不用说坐在它的背上了。但波米从未将目光从贾巴的鼻子上移开,因为人们永远不知道未经训练的野兽何时会再次发怒。

白天,贾巴则完全变成另一种动物。它拒绝让贝卡尔坐在它的背上。每次贝卡尔爬上来,它都会尖叫着用鼻子攻击他,以至于他刚爬上去就不得不跳下来。

即使是一个年轻人,这样频繁地爬上跳下也吃不消,何况贝卡尔早已不再年轻了,他开始对这项工作感到厌倦。但凭借成为伟大驯象师所具备的不屈不挠的毅力,他拒绝放弃。

终于,一天下午稍晚的时候,一件不幸的事就在波米面前发生了。

贝卡尔,近千次的努力已累得他几乎虚脱。他已第一千次爬上贾巴的背上了,迎来的却是贾巴第一千次用蛇形的象鼻猛烈地攻击。

也许正是因为体力不支,减缓了他的行动,也许是那条残腿给他带来了麻烦。不管怎样,这次贝卡尔没能及时躲过那条钢鞭。

目睹这一幕,波米吓得立马跳了起来。他看到贾巴的鼻子卷住了贝卡尔的一只手臂,然后象鼻像无情的老虎钳一样绷紧,猛地往上抛。

随着一声惨叫,贝卡尔被轻松地抛向空中,烟斗从嘴里掉了下来。他的身体在空中一连翻滚数圈后,像一袋玉米一样倒在地上。贝卡尔一动不动地躺在地上,发狂的贾巴仍然愤怒地咆哮着,并伸长鼻子试图再次抓住他。

贝卡尔的烟斗里正燃着的烟丝落在干草堆中,迅速将干草点

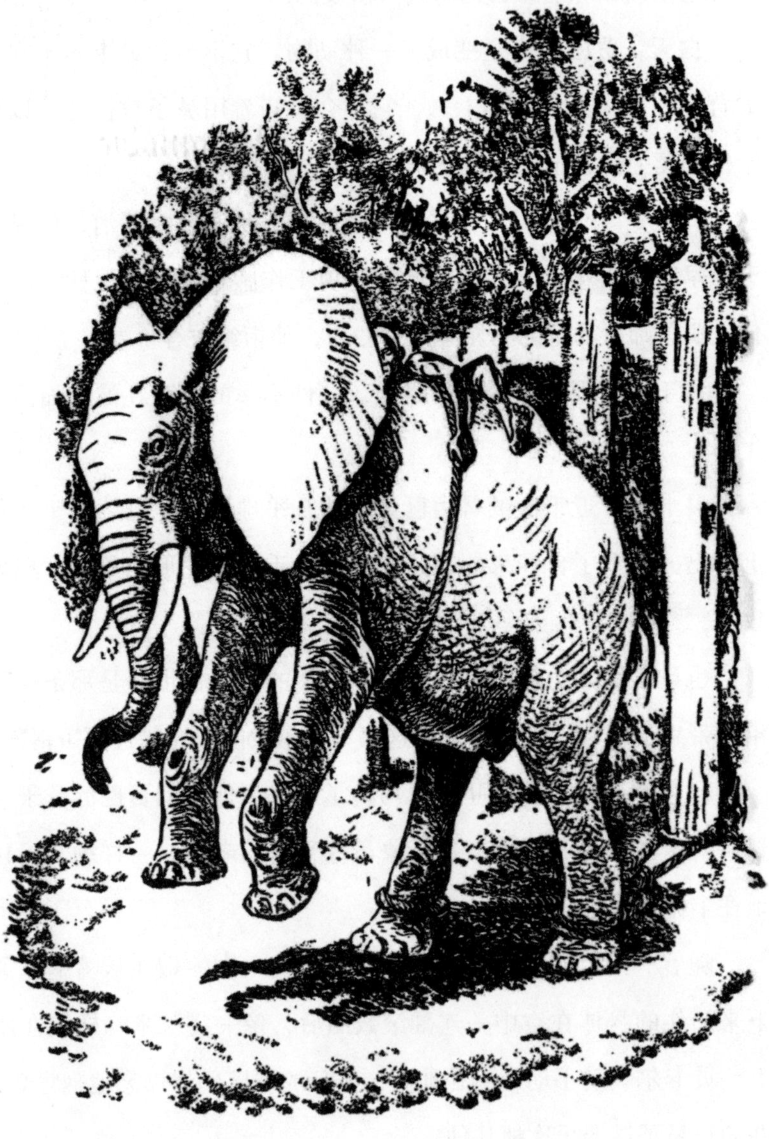

燃，火焰直往上蹿，伴随一股刺鼻的浓烟升起。不一会儿，贾巴又怒又怕，倒退了回去，两边的几头大象也发出惊叫声。波米和几名驯象师飞速冲向贝卡尔，希望把他从发狂的大象身边拉出来。幸运的是，贝卡尔所躺的位置，贾巴紧绷的鼻尖还够不着，否则他会在瞬间被压扁。

波米和一位驯象师将贝卡尔抬到安全处，其他人则踩灭了大火，让受惊的大象安静下来。几分钟后，训练场围栏内又恢复了平静。

贝卡尔依旧一动不动地躺着，一只胳膊怪异地悬着，不用说，手臂断了。其中两名驯象师轻轻地把他抱起来，一路快跑，直奔政府大楼旁边的一家小型医院。

全村一片哗然。就在医院里唯一的白人医生开始为这名命悬一线的男子服务时，政府专员代理人布瓦纳·布里莱特冲了进来，想查看贝卡尔的伤情。接着，贝卡尔的妻子和六个赤身裸体的孩子听闻噩耗，飞快跑上大街，放声痛哭。不一会儿，村里的男人、女人和孩子都聚集在医院门口，焦急地等待贝卡尔的救治消息。

等待的时间似乎无穷无尽。而贝卡尔的妻子和孩子们一直在哭泣和哀叹。最后，布里莱特出来了。

"别哭了，"他和蔼地对贝卡尔的女人说，"你的男人伤得不重。他的胳膊断了两处，锁骨也断了，但他会活下来训练更多的大象！"

人群如释重负地散去，波米也颇感欣喜；尽管他不喜欢贝卡尔猪一样的脑袋，但看到他受伤，他依然感到非常难过。

那天刚从伐木场回来的伊桑加带着布里莱特和驯象师来到了

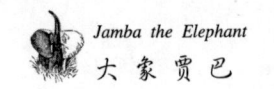

训练场。波米谨慎地跟在后面,听到了他们之间的谈话。他听到驯象师反复对布里莱特说:"先生,注意,大象不安全!"

听到这些话时,波米突然陷入了极度的痛苦之中,特别是听到他说:"这头大象无法驯服。"

他们竟然说,贾巴无法驯服!波米快哭了出来。贾巴,他像利奥波德国王或杜卡一样心甘情愿地吃了他手中的食物啊!贾巴,它会让谁坐在它的背上而一点儿也不生气!贾巴,波米全心全意地爱着它!如果布里莱特认定贾巴确实是不可驯服的,那么它将会被带到森林里放生,让它回归野外!波米心痛不已,失魂落魄地跟着这些人走进了训练场。布里莱特和伊桑加去看贾巴,贾巴静静地咀嚼着树叶,好像什么事也没发生。

"太可惜了,"布里莱特揉着小胡子,咕嘟地说,"真的太可惜了。它是一只优秀的大象。它的体格甚至比利奥波德国王还要好。如果它能被驯服的话,它能为我们做很多工作。但我想这是没有希望的。你说呢,伊桑加?"

伊桑加摇了摇头说:"我只知道,先生,贝卡尔是个绝佳的驯象师。如果他失败了……"他绝望地举起双手。

布里莱特点点头。"如果我们能给你足够的时间,伊桑加,如果有人能替代你的工作,你肯定能驯服他。但是你必须尽快回到伐木场。"说完,他转向其他的驯象师。

"把贾巴带走吧,"他命令道,"把它带出村子,放了它。"

对波米来说,这些话简直就是晴天霹雳。他陷入了彻底的绝望中,站在那里,泪水涟涟。贾巴,他心爱的贾巴将会被送走,再也不会回来了!这是一次多么令人难以承受的沉重打击啊!

但是当驯象师带着受过严格训练的大象来带走贾巴时,波米再也无法保持沉默。

"求求您了,布瓦纳先生,听我说!"他抽泣着,"这个贾巴不是不可驯服的。它其实像小狗一样温柔!它只是不喜欢贝卡尔,就是这样!求求您,布瓦纳先生,不要把它送走!"

布里莱特被这滔滔不绝的话语惊呆了。他盯着波米。伊桑加对儿子的大胆感到愤怒,他阴沉着脸,眉头紧皱。

"你儿子在说什么?"布里莱特问伊桑加。

伊桑加耸耸肩。"还在围栏时,这孩子就喜欢上了贾巴,"他说,"他不愿意看到它离开,仅此而已。他说了些蠢话。"

正当他们开始走开时,波米的一声狂吼让他们停住了脚步。

"我向您证明,"男孩喊道,"贾巴已经半驯服了!我给您看!"他径直跑过训练场,朝大象跑去。

布里莱特的脸色顿时变得苍白。伊桑加眼中也流露出恐惧,低声哀求。

"回来,波米!"他痛苦地哀求道,追赶他的儿子。"快回来,我的孩子。你会被杀死的!"

"来人,快阻止他!"布里莱特尖叫道,"快阻止他!别让他……"

他的声音渐渐消失在痛苦的沉默中,他在胸前画了个十字。因为没有人近到足以阻止波米。伊桑加和几名驯象师已经追了上去,但为时已晚。这个头脑发热的小伙子即将赴死!

在接近贾巴时,波米放缓了脚步,他不能惊吓到它。尽管他听到父亲惊恐的哀求声和布里莱特的惊叫声,但他一刻也没有动

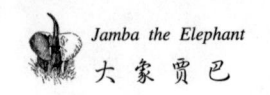

摇决心。他绕着贾巴转了一圈,从侧面靠近他,轻轻地拍了拍它的肋骨。

"快把利奥波德带来!"布里莱特对驯象师尖叫道,"把杜卡带来!把那孩子带出去!"

驯象师立即执行命令。伊桑加跑上前,在距离贾巴几码远处停了下来,他已吓得张口结舌,担心靠近贾巴,会彻底激怒这头邪恶的巨兽,从而向波米发泄愤怒。

波米抓住贾巴腰间的绳索,用最好的驯象师所具备的敏捷技巧,轻松地跳到了巨兽的背上。他担心,这场骚乱可能会让贾巴紧张,但又祈祷不会发生,因而他一直盯着大象的鼻子。可是贾巴没有一丝慌乱和生气,甚至没有转身。它只是用一双略带敌意的眼睛盯着不远处的伊桑加。

布里莱特尖叫道:"带着大象快点来!快点,快点!我们必须……"

他又一次止住了命令。对于波米来说,作为一名驯象师,在长期与他的野兽相处中,他已非常了解贾巴,一点儿也不害怕它。他显得非常自信,又轻松自如,轻轻躺在贾巴的背上。突然,他抓住绳索又站了起来,站在大象的背上,双臂交叉站着。

贾巴依旧静静吃着干草,没有紧张,没有愤怒!

两名驯象师已带着杜卡和利奥波德国王赶到,欲冲进训练场,用绳子把贾巴捆起来。布里莱特及时制止了,冷汗从他白皙的脸上滴下,示意他们回来。他走到伊桑加身边,咧着嘴目瞪口呆地盯着大象和骑在它背上的男孩。

"伊桑加,"他带着疑惑的口吻轻声说,"是我的眼睛欺骗了我,还是你的这位痴狂的小伙子天生就是个驯象师?"

伊桑加没有回答。他既惊恐又惶惑,说不出话来。他慢慢地向前迈了一步,宛如在梦中。贾巴朝他用力挥舞着鼻子,警告他勿靠近。全刚果最伟大的驯象师伊桑加,退后了一步,听到儿子对大象唱着一首古老的儿歌时,脸上满是惊讶:

身体,你的创造者!去做吧!每一件事,每一次!不要犹豫!

波米用焦虑的语气对父亲说:"它不会伤害我的,爸爸。自从它第一次见到我就喜欢上了我。从那以后,我每天都在它身边。"

"我想我明白了,"布里莱特咕哝道,"它真的很喜欢这个男孩,它太喜欢他,所以它恨贝卡尔,也不想要他。"

但伊桑加并没有在意布里莱特的话。他终于开口了,说话的声音紧张中透露出冷静。

"波米,我的孩子,"他说,"快从那野兽背上下来,到我这里来!"

波米浑身发抖。他一生中只听到几次父亲这样对他说话,对他来说,这一直是个不好的预兆。他吓得跳在地上,兴高采烈的心情突然冷却下来。他缓慢走向父亲,经过贾巴的头时,他抑制不住内心的冲动,拿起一把树叶递给了它。

贾巴轻轻地用鼻子卷起树叶,塞进嘴里。

伊桑加因愤怒、紧张和惶恐而扭曲的脸及紧皱的眉头,终于松弛下去了。他伸手去抱儿子的瞬间,紧锁的眉头突然舒展开来,绽放出莫大的微笑,写满了欣慰和自豪。

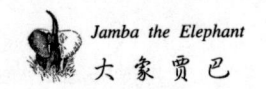

"波米,我的孩子!"他断断续续地喊道,"你是一个天生的驯象师,骨子里流淌着驯象师的血!如果我的头脑清醒,我会抄起竹条,在你的身上留下伤痕。但我做不到!我也不能!我今天看到了一个奇迹——我看到我自己的儿子对一头其他人都无法驾驭的野兽施展了魔法!波米,你将成为最伟大的驯象师,甚至比你父亲还要伟大!"

波米的心里充满了激动,他喜极而泣。"那么你不生气了,爸爸?"他恳求道,"你不会惩罚我吧?"

伊桑加笑了。"我真的很生气,"他肯定地说,"我已经有好几个月没这么生气了。但我也很骄傲,从而让我完全忘记了愤怒!"

一名驯象师骑在利奥波德国王的背上,和布里莱特说话。"我们现在把它带走好吗,布瓦纳先生?"他问道,"我们要不要把贾巴放了?"

突然,这位政府官员大笑了起来,笑得泪水滑过脸庞,消失在他的白色亚麻夹克里。他的笑声又洪亮又长久,驯象师满脸困惑地盯着他。

"把它带走?"

布里莱特笑得几乎要窒息,好半天才缓过气来,说:"把贾巴带走?是的,的确如此!不过要等到你看到贾巴爬上那边的紫檀树顶的那一天,你才能把它带走!贾巴将为我们拖运乌木。不用怀疑,在波米训练完它之后,它一定会的!"

当 心!

在返回伐木场之前,伊桑加多次用惊奇的眼神长久地盯着儿子。很多次,他把波米拉到一边,轻声同他交谈,言语中充满了伊桑加多年来在与大象打交道中所获得的丰富经验和独到见解。

"波米,我的孩子,"他突然语重心长地说,"你对大象有某种天赋,这很明显。你做了我从未想过的事情。孩子,千万不要因骄傲而自我膨胀!孩子!不要以为你对大象无所不知。"

"你现在正在训练贾巴。它似乎也喜欢你,但不要因此放松警惕!大象是奇怪的野兽,在它们完全训练好之前,人们永远无法完全掌控它们。千万小心,别让贾巴突然对你发火!它冷不丁会露出邪恶的嘴脸,你要时刻注意它的鼻子。波米,如果你受到伤害,你的母亲和我将会非常伤心。"

波米冷静地点了点头。不知何故,他猛然觉得自己一下子从一个男孩,变成了一个男人。也许是因为他最敬佩的父亲现在能平等地同他谈话。以前,父亲总是用大人对孩子说话时那种幽默、宽容的口吻和他交谈。

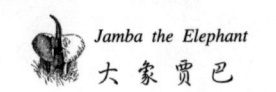

Jamba the Elephant
大象贾巴

波米说:"我不认为贾巴现在会背叛我。但我知道这可能发生。我会保持警惕的,爸爸。"

他时刻没有忘记那个承诺。日复一日,在继续训练这头野兽的过程中,他时不时地想到贾巴轻松地将贝卡尔抛向空中,以及如果贝卡尔没有幸运地掉在贾巴鼻子的攻击距离之外,他将面临多么可怕的命运,以此来提醒自己。

现在,当波米爬上贾巴的背上时,它已经没有了任何感觉。波米知道,是时候继续下一项训练了。他把贾巴腰部的绳子取下来,套在它的脖子上。然后他沿着绳子爬上去,坐在大象宽大的脖子上,就在它耳根的后面——驯服大象后,驯象师总是坐在那里。很快,贾巴也习惯了这一切。

接下来是教贾巴理解和服从命令,这个过程相当漫长和乏味。为此,他让驯象师带着利奥波德国王和杜卡一起参与进来,在贾巴的两侧将它紧紧夹住。

"前进!"波米接着对贾巴说,可"前进"这个词对贾巴来说毫无意义,但聪明的老利奥波德国王和杜卡立马明白了。它们把小象夹在中间,并用力推着它向前走。经过多天的努力,当波米说"前进!"时,贾巴就会向前走了。

这一命令完成后,波米开始教贾巴向左转和向右转,再次让利奥波德国王和杜卡协助将贾巴推向左边或右边,直到野兽完全理解命令的意思,并在被告知时这样做。

因此,凭借温顺和不懈的努力,贾巴学会了一头训练有素的大象所应掌握的全部技巧!说"躺下!"时,贾巴会慢慢地跪下,等待下一个命令。然后,波米会大叫"抓住!抓住!"贾巴就会

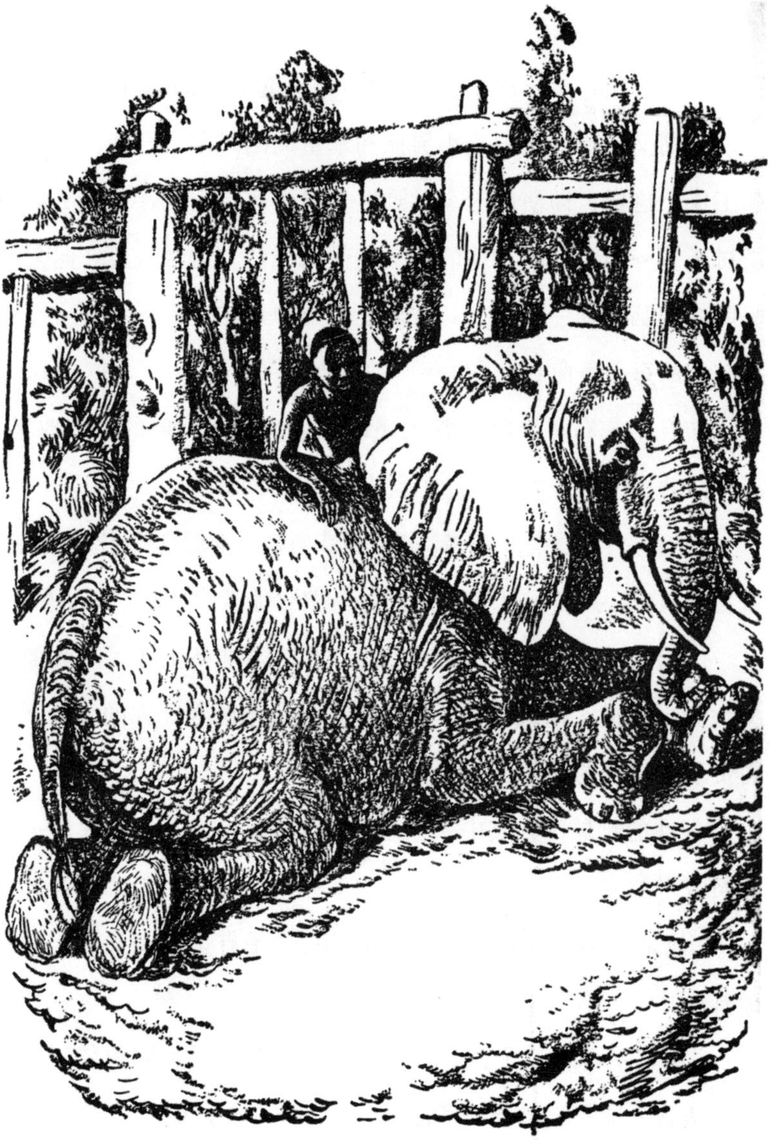

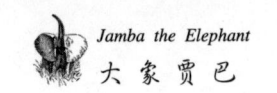

用它的鼻子卷住一根五百磅①或更重的练习用圆木的中段。听到"举起来!"的命令时,贾巴会像卷起一根树枝一样卷起那根沉重的木头。听到"前进!"时,它就轻松地抬着圆木,走过训练场。在被告知转身时,它就会把圆木放在波米想要放的地方。

一周又一周,班图族小男孩和笨重的刚果象一直在训练场一起工作,这样,即使贾巴突然野性大发,逃之夭夭,它也不能跑进村子。一周又一周,他们不知疲倦地训练,波米一直在向大象聪明的大脑灌输一种思想:波米是无可争议的主人,必须立即服从波米的每一条命令。

布瓦纳·布里莱特经常光顾训练场,检查大象的训练成果。三个月后,他终于满意地点了点头。

"干得好!"他说,"波米,你在这头野兽身上创造了奇迹。想想,就在不久前,我们还打算把贾巴放了呢!"他若有所思地摇了摇头。

"它完成了训练,"他接着说,"贾巴要准备工作了。其他十头大象也完成了训练。明天你们都将去伐木营地。你的大象不能再贪玩了,我的孩子,它必须工作!"

其他的驯象师,其中一些是许多孩子的父亲,都聚集在一起祝贺波米的成功。

"他是个小驯象师,"其中一人说,"是有史以来最年轻的驯象师!"

"这太不可思议了,"另一个说,"他会说一种野兽能听懂的奇怪语言。他一定是受到了神的启发,神在庇护他!"

就连受重伤、手臂挂着吊带,还在养伤中的贝卡尔,也来和

---

① 英美制质量单位,1磅约0.5千克。

波米握手了。当然,也有一些驯象师,非常嫉妒波米,毕竟以他的年龄,本该在博农加村附近的玉米种植园里工作,他却被授予了训练大象的崇高荣誉。

第二天,波米向母亲告别,准备随商队离开。他带着贾巴走出训练大门时兴奋不已。自从贾巴第一次被带到博农加后,就再也没有离开过训练场。现在,它将会再次看到它曾经随意漫步的宽阔、自由的森林。看到这一幕,它会忘掉所有的训练吗?古老的野生动物的本能诱惑,是否会强大到让它无法抵抗?

波米舒适地蹲在贾巴的脖子上,敏锐的目光片刻不敢离开它的鼻子,不敢忘记父亲的告诫。他密切注视着贾巴是否有任何发脾气或改变心意的迹象。当他看到贾巴迫不及待执行命令,充分显示它的聪明时,他欣慰地松了一口气。

当大象队伍离开博农加时,晨雾刚刚升起,民众聚集在路旁高呼着,挥手告别。波米看到母亲向他挥手时,满眼热泪,因为这是波米第一次真正离家出去工作,他可能会离开两三个月。波米坐在贾巴脖子上向她挥手,试图抑制住自己眼中的泪水。

"我不再是孩子了,"他努力地告诫自己,"我是一名驯象师,一个男人。男人不会流泪的。"他擦了擦眼睛。商队慢慢地穿过玉米地,驶进了密密麻麻的红杉林和雪松林。慢慢地,贾巴朝着一条小路走去。这条小路直通伐木营地,曾被许多头大象沉重的脚步踩踏过。

那天大象商队只停下来休息两次,让大象进食。在这两段时间之间,贾巴偶尔会停下来,看看一株株大戟[①]科或含羞草属幼

---

① 一种被子植物,主要生长于热带和亚热带地区。

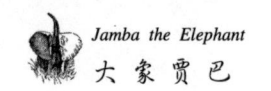

树诱人的绿叶，波米见状会催促它继续前行。有一次，贾巴停下来进食，尽管波米大声地对它说"前进！"，它还是不肯走。

于是，波米用他手中的那根木棍较粗的一端轻轻地拍了它一下，贾巴才继续前进。他们走了一整天，有时穿过的树林高达一百五十英尺，完全遮住了阳光。他们又一次穿过一丛丛低矮的树，波米和其他驯象师不得不匍匐在各自野兽的背上，以免被树枝刷到。他们继续前行，穿过无限富饶的刚果森林，那里有巨大的柚木和桃花心木、高耸入云的红木、宽大的梧桐树和光滑的棕榈树。他们一路经过的香蕉和大蕉林，足够养活一个国家，却注定要倒在地上腐烂掉。

当他们走近大布克图沼泽边上的伐木营地时，影子已拉得好长好长，暮色即将降临。这一天的工作刚刚结束，新训练的大象商队抵达时，伐木工人们大声欢呼着问候。负责营地的伊桑加跑了过来。他试图表现得很随意，他对波米的骄傲却溢于言表。

"你来时还顺利吧？"他问道，"贾巴没有惹麻烦吗？"

"一刻也没有，"波米回答，"尽管它对小树枝很有兴趣。"

他俯下身，对着贾巴的耳朵低声说了一句话。贾巴卷起它的鼻子，抓住波米的腰，轻轻地把他放在地上。

"看到了吗，爸爸？"波米说，"他知道谁是主人！"

伊桑加冷静地点了点头。"它现在臣服了，但不要认为这些都是理所当然的。要始终保持敏锐的目光。有些大象谁也琢磨不透，而贾巴的眼神总是让我产生怀疑。"

"好了，现在把你的野兽拴起来睡觉吧。明天你就要伐木了！"

砍伐乌木

波米似乎还没从睡梦中醒来,隐约中感觉到有只手在他的肩膀上晃了晃,他睡眼惺忪地抬起头来,看到了父亲。

"起来,孩子!"伊桑加喊道,"我们还没有找到可以连根拔起,并运送到我们身边的乌木。我们必须出去寻找它们。"

波米坐起,揉了揉眼睛。他看见一条条灰白色的晨光,穿过他头顶上拱形的大枫树的叶子,在地上留下一个个光斑。他听到了刚果鹦鹉喋喋不休的聒噪,以及燕鸥和苍鹭悦耳动听的晨歌。他突然兴奋地跳了起来。

今天他要做男人才能做的工作!

他和父亲共进早餐,吃了些羚羊肉干和大蕉。边吃,父亲伊桑加边仔细地向他解释工作内容。饭后,他去解开树干上拴住贾巴的后腿的绳索。

当伐木工人们收拾好工具,驯象师们也把各自的大象带了过来时,营地周围一片喧哗和骚动。工人们偶尔会看向驯象师们,眼神里夹杂着羡慕和嫉妒。工人们从事最艰苦的工作——他们要

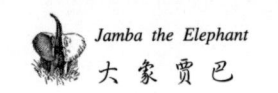

卖力地砍、削和锯乌木，而驯象师所要做的是，舒适地坐在他的大象背上，命令它把木头搬走。

这些驯象师是多么幸运的家伙啊，他们简直是各自大象的国王！然而，正如工人们所熟知的那样，不是每个人都能成为驯象师，许多不幸的人在这场危险的训练中丧生。当将近一百人的伐木工人走向附近的沼泽地时，灰白色的晨光已变成粉红色。在他们身后是三十头训练有素的大象，它们笨重的脑袋来回摆动着，步履蹒跚；尽管它们的脚又大又重，踏在地上却很轻柔，几乎没什么声响。很快，伐木营地就空无一人，呈现出死一般的寂静。营地只不过是森林中一片开阔的空地，人们可以在那里吃饭和睡觉。

这些人一进入沼泽，受惊的白鹭立即展翅飞起，有几只似乎很不情愿，发出愤怒的尖叫声才勉强飞走。弯嘴朱鹭叽里呱啦喳喳地叫着，飞到河边去捉鱼了。转眼间，所有的野生巨兽都吃饱了，而斧头奏出的欢歌也响彻了从潮湿地面升起的晨雾。

波米站在大象大军的边缘，俯瞰着湿漉漉的、点缀着树木的沼泽。他看到七零八落伐倒的原木，这些原木在前一天已经被剥皮和手工锯过，准备好拖走。按照他父亲的指示，他一直等到一些更有经验的驯象师引导他们的大象进来，用象鼻卷起原木，把它们运出去。这样，他和贾巴只须照着做，操作就容易多了。

"前进！"波米命令道，贾巴小心翼翼地慢慢走进沼泽。"卷起！"波米接着引导道，"跪下，前进！"

贾巴前膝弯曲，几近跪下，用象鼻卷住一根足有半吨重的原木的中段，轻松地抬起它，随即去追赶其他大象，这些大象已经

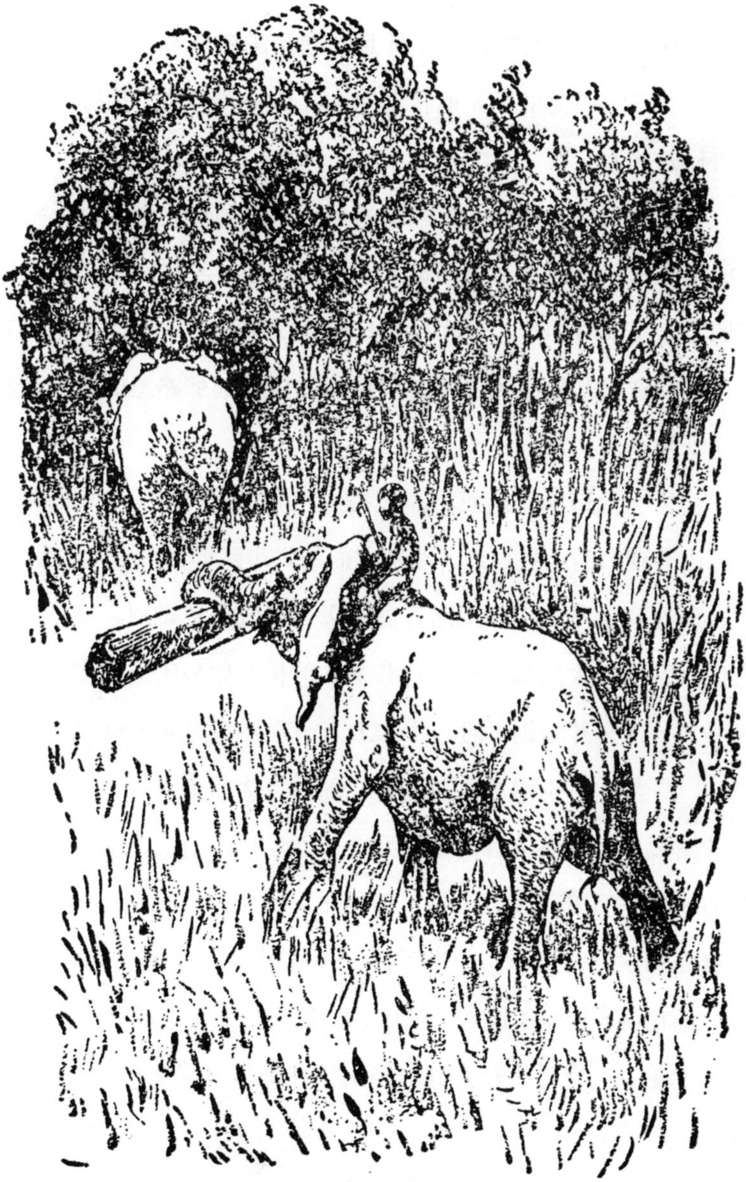

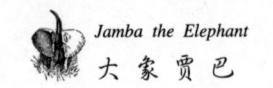

爬上坚实的地面了。这是一条半英里长的小径，穿过雪松和红木林，直抵政府从遥远的西部布吉布修建的窄轨铁路的尽头。贾巴一路顺利，甚至没有中途停下休息，在穿越树林时，若遇到小径过于狭窄，它还会很机灵地转动原木，让一端向前，这样它就可以顺利通过了。

当他们到达铁路时，贾巴将它的原木精确地放在铁轨旁码放堆放整齐的一堆原木上，当地工人随后用蒸汽绞车将原木装载到车厢上。当喷着粗烟，发出巨响的火车头载着一串串的车厢向后倒退时，贾巴开始感到不安，但波米立即唱起那熟悉的歌，让它迅速安静下来。

然后，他们原路返回沼泽地去搬运另一根原木。大象们排成一列沿着狭窄的小径行走，路被它们的脚步踩得又平整又坚硬。

就这样，随着太阳逐渐升高，天气越发酷热难耐。沼泽里的人们砍倒了高大的乌木树，这些乌木的树芯就像工人的皮肤一样黑。当一棵树开始倒下时，伐木工人举着斧头高喊大叫："哈贝达里！"（"当心！"）然后迅速跑开。随后，大树轰然倒下，伴随刺耳的撕裂声和震耳欲聋的撞击声，声音响彻森林，久久回荡。折断的树枝呼啸着飞到五十英尺甚至更高的空中。然后，忙碌的工人蜂拥到砍倒的树旁，一边工作，一边唱歌，清理树枝，剥去树皮，把它锯成较短的原木。随后，大象们几乎跪在颤动的大地上，把原木抬走，穿过小径来到铁路上。在那里，其他汗流浃背的工人把它们装上车。

波米很享受工作。这就是生活！他为自己的能力感到无比欢喜和自豪，因为他能驾驭一头野兽，而这头野兽服从他的所有命

砍伐乌木

令，完成了其他方式无法完成的艰巨任务。其他一些驯象师有时会咒骂他们的野兽，并用象刺①戳它们，催促它们快步走，但波米从不这样做！他和贾巴就像亲密无间的挚友，当他看到这头野兽如此渴望听从他的命令，完成它的工作时，这种亲密关系变得更加牢固。

一个驯象师——他确实是一个国王！沼泽地里的人们不得不整天赶蚊子、锯、砍和流汗。但是驯象师们只是轻松地坐在大象的背上发号施令，来回骑行，从不亲自接触原木。波米比以往任何时候都更清楚地看到，为什么驯象师的职业如此受尊敬，为什么只有最熟练的人才被挑选来从事这项工作。

时近正午，大象们要休息一个小时，而工人们和驯象师们则要吃些水果填填肚子。然后，他们都回去工作，因为市场需要更多的乌木，总是需要更多的乌木。

随着下午的消逝，贾巴开始显现出疲倦。在沼泽地和铁路之间的小路上，它会放下沉重的负担，休息片刻，然后拿起它继续前进。对于贾巴坚持得这么好，波米很是惊讶，有时它想休息时，他便让贾巴让开小径好好休息，以便其他大象通行。毕竟，在过去几个月里，贾巴一直被关在训练营里，由于缺乏锻炼，它的肌肉可能需要一周的时间才能适应这种艰苦的劳动。波米知道，其他新大象中已经有五头累得双腿发软，被迫让它们休息一天。

因为疲劳，贾巴变得有点暴躁。或许这正是旧日狂野本性的再次彰显。就在一天工作即将结束，贾巴走近一根原木欲拾起它时，一个名叫伊古尼的身形魁梧、肌肉强壮的工人快速从它面前

---

① 驯象师的刺棒，在木棒或铁棒的下端装一个带刺的铁球。

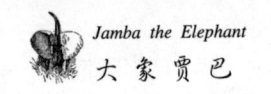

Jamba the Elephant
大象贾巴

走过，因靠得太近，贾巴突然愤怒地用它的鼻子攻击他。

伊古尼及时跳开，破口大骂。"好个脾气暴躁的家伙！"他喊道，"我得好好教训教训你！"

他捡起一块拳头大小的石头，向贾巴掷去。石头砸在贾巴的象牙上嘎嘎作响，从象鼻上滚落下来，顿时让它陷入恐慌之中。波米气得脸色发青。他只花了片刻让贾巴安静下来后，旋即跳下来，冲向伊古尼。

"愚蠢的鬣狗小子！"他怒气冲冲地尖叫着，"你必须为此付出代价！"

伊古尼惊讶地转过身来，他体格健壮，素有欺凌弱小的恶名。尽管波米几乎和他一样高，他的身材却要瘦弱得多。

伊古尼露出一脸凶相。"什么！"他冷笑道，"你这样一个腿瘦得像长颈鹿的孩子，竟然会想同我打架？小心点，免得我把你撕成两半！"

波米怒不可遏，丝毫未考虑伊古尼的强壮和他自己的相对瘦弱。他二话没说，就挥舞着拳头向那人猛扑过去。

伊古尼迅速闪开。他攥紧拳头，扬起手臂，一拳击中波米的下巴。波米当即一阵眩晕，栽倒在地上。其他人兴奋地围了上来。他们中的一些人，因为伊古尼挑中了一个比他小得多的对手而大喊："耻辱，耻辱！"而另一些人则围在周围，急切地观看战斗。

波米摇了摇头，他晕晕沉沉地环顾了一下四周，从中找到了伊古尼凶残的黑脸，他脸上正洋溢着得意的喜悦，并咧着嘴偷笑着。他的白牙齿立即让波米清醒过来。他现在终于明白，与一个比他强大得多的人打斗是多么愚蠢。可是，既然战斗已经打响，他必须战斗下去。若不打败这个猖狂的恶霸,或者说在一番恶斗中光荣落败,他将再也无法抬起头来。

他站了起来,甩掉了那些想扶他的人的手臂。他变得更加警惕,小心地在伊古尼身边转圈,耐心等待时机,送出一击。伊古尼显然很享受斗殴,冷笑着向他招手。

"打还是跑,小屁孩!"他挑战道。虽然波米身材瘦小,但他行动敏捷。在他与博农加男孩的混战中,他总是获胜,因为他善于闪避,然后趁空快速反击。在训练贾巴的这几个月中,高强度的训练使他的肌肉变得坚硬,也使他的警觉性变得更高,近乎完美。

但这不是和一个乡村男孩嬉戏打闹,这是一场真正的战斗,对手在体型和体重上都占很大优势。现在的波米非常冷静,他知道如果他冲过去和伊古尼混战,他肯定会被迅速打倒在地。他必须充分利用自己的灵活身段和闪避速度。

他小心翼翼地靠近伊古尼,耐心等待时机。伊古尼急于干掉他,突然向他冲去。

波米放他过来,然后及时地侧身闪开。伊古尼长满老茧的拳头乱舞,却扑了个空。当他放松警惕时,波米用尽全力,挥拳猛击伊古尼的眼睛。

一阵刺痛袭遍全身,但仅此而已。伊古尼转过身,显得无比生气,可信心丝毫未减,再次挥拳冲了出去。

波米再次佯攻上前,旋即跳到一边,反手给伊古尼一记响亮的耳光。

围观的人们一脸惊讶,欢呼雀跃起来。显然,他们都对伊古

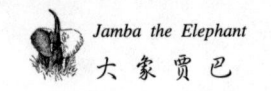

尼没有什么好感,他天生就是个麻烦制造者。但他们起初都认为他会在一瞬间打倒波米。

伴随着愤怒的吼叫,伊古尼转身再次向年轻的对手发起了攻击。他使出浑身力气,挥拳击向波米的下巴。但是波米的下巴奇迹般地消失了,他已不在原处。相反,波米的拳头再次击中伊古尼的眼睛时,伊古尼发出了痛苦的尖叫。他强忍疼痛,再次转过身来。

围观的人们欢呼起来。虽然战斗时间很短,但至少波米已经打中了几拳,伊古尼的威望也惨遭重创。更多的工人被骚乱吸引过来观看,很快就有五十多人兴奋地观看这场战斗。

伊古尼一头雾水,下一次进攻时更加谨慎。不知何故,这个他如此鄙视的年轻人正在击败他。他必须更加小心,必须警惕闪电般的躲避,必须防范随后的反击。他受伤的眼睛很快就闭上了,刻骨铭心的刺痛,让他的眼泪流了出来。他需要两只眼睛才能看清这个跳着舞步、善于闪避的可恶的男孩,——一会儿跳到这儿,一会儿又跳到了那儿。

而这一次,波米把他彻底弄糊涂了。他用一记漂亮的左手挥拳,完全避开伊古尼的防守,狠狠砸在这个肌肉发达的恶霸的另一只眼睛上。

"嗨,嗨,耶,耶!"围观的群众热切地高呼着,兴奋得都跳了起来。即便伊古尼最终获胜,在随后的一段时间内,他也再也不会炫耀他的勇猛了。毕竟在这段时间,他要接受一种奇妙的舔舐(即养伤)!

剧烈的疼痛和同伴们的嘲弄彻底激怒了伊古尼,他怒不可遏，完全丧失了理智。他原本就只是个头脑简单、四肢发达的蛮汉，从来只靠蛮力而不是技巧去赢得战斗。现在，他已不顾后果冲向波米，双手乱舞。这正是波米想要的结果。毕竟只要伊古尼保持谨慎和警惕，他那如铁锤般的拳头就充满了可怕的威胁。但现在，他的警惕已被愤怒淹没了，不用说，他完全成了不容错过的活靶子。

波米侧身躲过了他的拳头，反击的拳头再次落在伊古尼的仅睁着的"好眼睛"上。发疯的伊古尼又一次冲了过来，波米又一次问候了"好眼睛"。

很快，"好眼睛"也不再好了。伊古尼两只眼睛几乎全闭上了，浮肿得如同刚出炉的面包。围观的观众们也彻底沸腾了起来，兴奋得跺脚翻滚，幸灾乐祸地看着笨头笨脑的伊古尼。到目前为止，伊古尼还能还击。虽然波米的拳头很小，却像蛇一样灵活出击！他似乎无处不在，脚步轻盈，利用佯攻让伊古尼扑空，闪身让身材高大的对手差点儿摔倒。

此时的伊古尼的双眼已惨不忍睹了！它们几乎眯成一条狭长的缝隙，肿胀得像是被黄蜂多次叮咬过一样。要不是他的皮肤已黑如煤炭，它们真的可能是黑色的。

"又是那只眼睛，波米！"观众们喊道，"再来一拳，让它闭上！"

波米照做了，确实让伊古尼的双眼几乎完全闭上，一拳打得伊古尼连声尖叫。欣喜若狂的波米依旧冷静盯着伊古尼的拳头，就像警惕贾巴的鼻子突然攻击他一样。战斗至此，除第一次被伊古尼击倒外，伊古尼再没有碰过他。但拥有巨大力量的伊古尼，

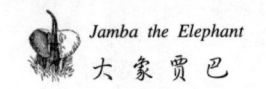

Jamba the Elephant
大象贾巴

依旧让波米恐惧，他就像一头发疯的大象，只要被他击中一拳，就足以致命。

这一拳再未落下来。波米看到伊古尼的眼睛几乎完全闭着，便开始击打他的鼻子——好一只漂亮的宽鼻子，好一个醒目的目标。伊古尼怒火中烧，呻吟着，漫无目的地攻击。波米的拳头像箭一样在伊古尼的毫无防守的身体上自由飞舞。伊古尼疯狂地挥动双拳，妄图击中一个他似乎永远无法触及也几乎看不见的敌人。

他的鼻子血如泉涌，双眼泪流不息。汗水和鲜血混杂在一起，早已让他的脸和胸变得血肉模糊。他不停地喘着粗气，似乎已筋疲力尽，当他再次疯狂攻击时，他的呼吸声中竟然混杂巨大的呜咽声。这次，波米击中了他的嘴，打得他嘴唇开裂，门牙松动。

"耶！"大个子黑人喊道，"耶，耶，耶！"伊古尼像喝醉酒一样摇摇晃晃地跪了下来。随后，他又艰难地站了起来，但很快又跪了下来。最后，他瘫倒在地上，双手捂着脸，在极度痛苦中哭泣，"我不打了！"他呻吟着，"我认输了。求求你，别再打我了。别打我！我已瞎了，什么也看不见了。"

"我的鼻子也断了……别再打我了！"

"这——这是怎么回事？"

一个愤怒又威严的声音传来，是伊桑加的声音。他挤进围得严严实实的人群，那些工人深知打架斗殴是严重违反营规的，于是纷纷为他让路，在一片喧闹中往后退。

"谁在打架？"他问道，"我会扣掉他们的工资，把他们送回博农加。"

然后，伊桑加盯着波米，他正站在他倒下的对手面前。波米知道伊古尼已经爬不起来了,他也不打算继续殴打他,但在他撤退之前,他的父亲已经窥探到他了。

伊桑加看着躺在泥泞中的伊古尼,他不停地啜泣,脸上满是血迹和污垢。大恶霸——肌肉壮男伊古尼,因一向恃强斗狠,曾多次给他带来麻烦。他看着伊古尼肿胀的脸,耷拉着的下巴,听着他可怜的抽泣声。

"是谁和伊古尼打架?"他厉声问道,声音尖锐。

周围的工人们面面相觑,一言不发,不想告发波米。

"是谁?"伊桑加再次吼道,"告诉我,免得我把你们统统打发回去!"

波米欲言又止。这是他工作的第一天,也是最后一天吗?他会被遣送回博农加吗?尽管如此,他还是不愿对父亲撒谎。

"是我,父亲,"他结结巴巴地说,"是我——我和这个愚蠢的恶霸打架了。但我实在忍不住!我不得不反击!他向我的贾巴掷石头并砸中了它!"

伊桑加仍然难以置信。"是你打的伊古尼?"他惊奇地问道,"你打得他鼻青脸肿,就像被木棍敲打过,被老鼠啃过?是你干的吗?"他转向站在周围的其他人。"这是真的吗?"他追问。既然波米已承认了,其他人也无须顾虑,都愿意佐证。"这是真的,伊桑加,"他们齐声说,"从来没有一个男人比这个满嘴脏话且爱惹是生非的家伙更应挨揍了,他是罪有应得。"伊桑加不停地摇头,半天没有说话。然后他说:"我改变了主意。我不会把两个人中的任何一个都送回博农加。伊古尼似乎受到了足够的惩罚。谁帮他回到营地?"

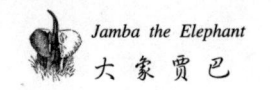

"至于你，波米，把你的贾巴带回营地来见我。我要和你谈谈。"

波米惊愕不已，紧张不安地颤抖着，随即爬到贾巴背上，一起返回营地，而伊古尼则踉踉跄跄地跟着，两臂各搭着一名男子——这些男子咧嘴大笑，低声讽刺这个倒霉的恶霸。

在营地，波米拴住了贾巴并找到了父亲。伊桑加带着严肃的神态把他单独拉到一边；当他们离开营地时，他对儿子咧嘴一笑，并在他背上响亮地拍了一下。

"这太让我开心了！"他兴高采烈地说，"虽然我知道你是一个优秀的驯象师，但我始终认为你是一个软弱的小伙子，在与男人的打斗中永远无法坚持自己的理智。还有这个伊古尼，肌肉强壮得像大象鼻子，是很需要一次痛打！你今天干了一件好事，我的儿子。我们不会再和伊古尼闹矛盾了，即使他留在这里，不是因为纯粹的羞辱而回到博农加。至于你，我无须警告你别再打架了。因为没有人再会同你打架了！"

野性的呼唤

日子一天又一天、一周又一周、一月又一月地过去。大片沼泽地的乌木已被砍伐，只留下斧头砍下的树桩作为它们曾经待过的黑色标记。伐木工人们缓慢地移向乌木较多的地方。大象依旧每天都把他们砍下的原木扛到铁路上，每天呼啸着的火车头把许多车珍贵的原木拖到布吉布，在那里锯成木材，装上大河上的大船。大船会顺流而下，驶入大海，再从那里到达世界各地的港口。

波米很容易就适应了这种生活。贾巴也对自己的工作了如指掌，几乎不用任何命令。波米懒洋洋地坐在大象的脖子上，沿着熟悉的小径穿过雪松和红木林，与他的同伴们亲切地互相善意地取笑着来打发无聊的时间。有时他们也进行竞争，看哪头野兽能在一天内拖走最多的原木。

有时，他们会通过互相开玩笑来缓解漫长而又炎热的时光。

例如，有个最懒的驯象师名叫蒙戈，他的大象几乎和他一样懒。其余的人都知道，只要一有机会，蒙戈就会偷偷溜出伐木小径，把大象赶到路旁一片安静的空地上，然后在那里美美地睡上

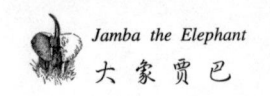

Jamba the Elephant
大象贾巴

一个小时左右。

有一天，波米发现蒙戈带着他的野兽偷偷溜出了小径。他在那个地方做好标记，送完原木，在回来的路上告诉了其他的驯象师。他们悄悄地各摘了大把成熟的香蕉，引着大象来到蒙戈藏身处。他们看到他在林间空地上舒服地蜷缩在大象的脖子上，睡得正酣，鼾声如雷。他们悄悄靠近，齐声大喊，将香蕉扔向蒙戈。一根香蕉击中他的肩膀，果肉四溅而出，蒙戈也惊醒了，高声惊叫。他站起来，刚张开口，更多的香蕉迎面而至，一根恰好砸在他的脸上。只听一声狂吼，蒙戈失去重心，从大象背上摔了下来。波米和其他人笑弯了腰。由于运气欠佳，蒙戈直接掉进了荆棘丛中，伴随痛苦的尖叫和喋喋不休的辱骂，他像弹簧一样跳了出来。

蒙戈因被抓到偷懒而非常愤怒和懊恼，他花了一个小时才拔除背上的荆棘，然后再次开始工作。在接下来的数天里，他似乎非常爱惜他的屁股，不敢直接坐骑，改用双膝跪在大象身上了。人们还注意到，蒙戈，从此有了一个绰号"香蕉脸"，现在的他再也不敢偷懒了。

波米出生在博农加，一生都在那里度过，现在他在森林里工作，开始热爱这片森林。他舒适地躺在贾巴的背上，抬头看到金色的阳光透过茂密的树叶和树枝，照射到他身上是那么温暖而令人陶醉。当灰鹦鹉栖息在枝头时，他可以尽情嘲笑它们的滑稽动作，辱骂它们打扰了他。他还可以时不时伸出一只手，去捕捉翅膀如手掌大、色彩斑斓的蝴蝶，一动不动地欣赏这种昆虫的柔美，随后松开手，让它再次自由飞翔。

还有那些从树上长出来的美丽的、花瓣丰富的神奇花朵，据

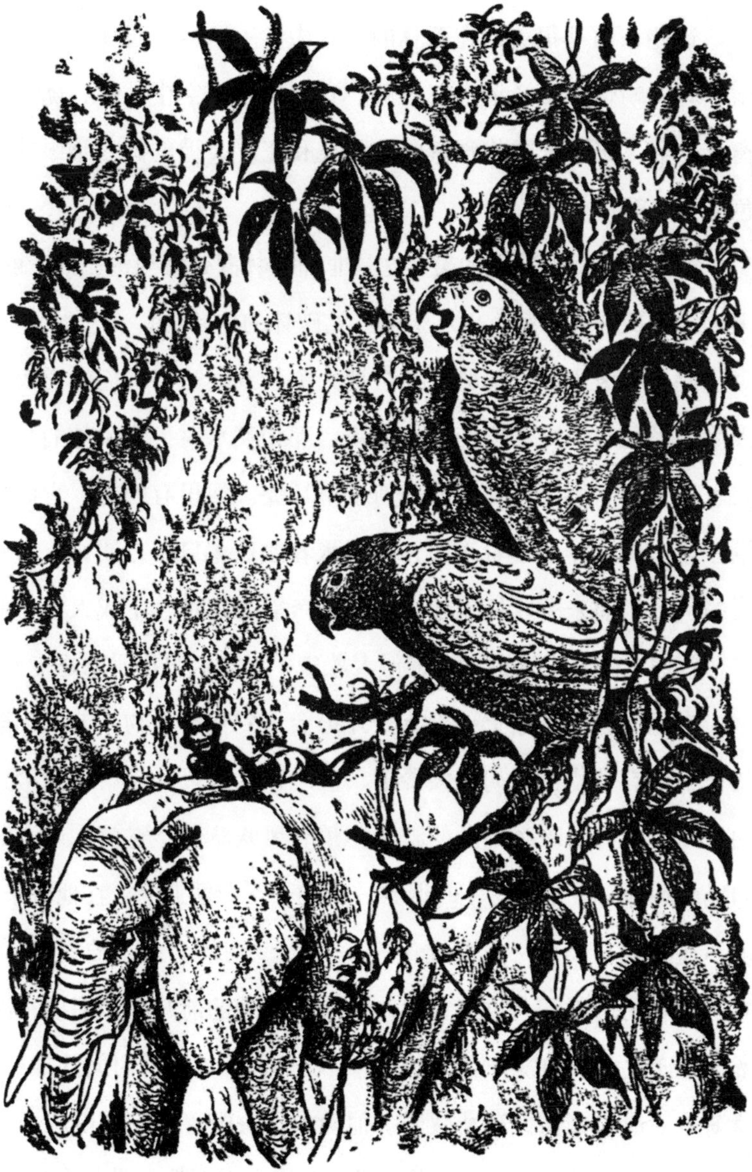

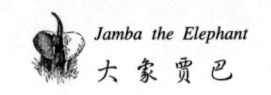

说它们以昆虫为食，通过快速合拢花瓣来捕食它们。那里还有许多芦荟植物，它们有浓密多刺的叶子和繁茂的花朵。

这些东西都很美，在森林的芳香中，一队蓝色身体、翅膀熠熠生辉的蜻蜓在沼泽地上空盘旋，它们仿佛在空中扎根，随后如离弦之箭飞走。朱鹭优雅弯曲的脖子和庄严肃穆的鹳鸟耀眼的白色羽毛也都很美。

啊，这是世上罕见的美，这是非洲森林深处无与伦比的壮丽，天然的、从未被驯服，也从未被人类破坏的原始美！

偶尔，波米和其他驯象师会把大象带到河边，他们知道大象天生就爱玩水。当动物们尽情嬉戏、互相喷水时，驯象师们会宽衣解带，和它们一起在阴凉的河水里玩耍。河里有鳄鱼，它们正躺在岸上懒洋洋地晒着太阳，个个张着血盆大口，方便长着马刺翼的鸻科鸟前来替它们剔牙。一条鳄鱼能瞬间将一个成人撕成两半，就像弄断一根木棍一样，但大象来了，它们只得乖乖逃走。

在返回营地的路上，没有人知道会遇到什么动物。波米逐渐认识了所有动物：长胡子大羚羊、擅跳跃的跳羚、长鬃毛和弯角的牛羚；还有那眼睛澄澈的瞪羚，稍有风吹草动，它就一声不响如风般跑开。波米还时不时遇到一只豹子，即便遇上，在他看来，也不过是一只长着一身豹纹——一只大一圈的会杀人的猫而已。豹子太聪明，绝不会攻击贾巴。在伐木营地的前几个星期里，波米一直谨记父亲的警告，时刻盯着贾巴的鼻子。随着时间的推移，渐渐地，他的警惕性渐渐减弱。他确信这头野兽已完全臣服于他了。尽管它不喜欢别的人靠近，但它在许多方面都表明它爱波米，并谨遵他的命令，圆满地完成任务，所以波米很少用象刺打它。

为什么？因为野兽成了他生命的一部分！它正按照波米的命令生活！如果你依旧以它刚走出围栏时那种半狂野的状态对待它，那就太傻了！

波米对贾巴心理的细微变化以及它的大脑深处的长久记忆还是很留心。一天清晨，天气晴朗，晶莹的露水从树叶上滴下，落在波米裸露的背上时，他领着贾巴沿着那条古老的小径往前走。贾巴要搬运的原木足有几吨重，它太重了，任何大象也无法用鼻子卷起它。于是，它用一条系在它挽具上的铁链在地上拖着它。拖运中，波米注意到贾巴有点儿心不在焉。它似乎忘了它曾学到的东西，波米不得不用象刺轻轻抽打它。

贾巴旋即沿着小路大步向前走，铁链叮当作响，身后的原木随着滑行。突然，它莫名其妙地停了下来，开始紧张不安地原地踏步，就像一头长久关在围栏里的野象。波米大吃一惊。在晚上的营火周围，他曾听到年长的驯象师讲述过诸多大象们所做的怪事。据说，在满月之夜，即使是最训练有素、最温顺的野兽，也会有一段时间感到焦虑不安。据说，在这段时间里，野生大象会聚集在森林深处的中心地带，它们的吼叫声响彻云霄。受过训练的大象即使在许多英里之外也能听到它们的叫声。有人告诉他，当大象年老了，知道自己将死时，它会用最后的余力进入森林最密集的地方，到一个只有大象才知道的秘密墓地。在那里，在数百具其他大象的骨架中，它会躺下死去。驯象师们坚持说，这一定是真的，因为从来没有人遇到过野生大象的遗骸。

这些故事被讲得绘声绘色，还有更多的奇闻怪事。当然，有些故事是在开玩笑时胡编的，讲得过于离奇了，连孩子们都不会

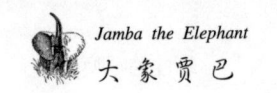

相信。所以，波米一直怀疑它们的真实性。

现在他焦急地命令贾巴："前进！前进！"

贾巴又在原地踏了一会儿，才服从命令，又拖着原木沿着小路大步向前。

但总感觉有点儿不对劲。贾巴的眼睛不安地张望着，它那双大如蒲扇的耳朵来回摇摆着，仿佛要捕捉某种波米听不见的声音。

波米开始唱那首奇怪的歌曲，这首歌曾多次让它安静下来。但这次没有什么效果。贾巴依旧紧张地聆听着。怎么了？

波米听到了那声音，它是那么微弱又十分清晰，划破了清晨宁静的空气。

"嘟嘟！嘟嘟！"

那是远处森林里野象的吼叫声！

贾巴愣住了。突然间，大象猛地一跳，几乎把波米掀翻下去。它径直离开了小径，冲进了树林。

雷霆万钧之际，波米迅速抓住挽具稳住重心，他向贾巴大喊道。"停住！"他疯狂地喊道，"停住！躺下，贾巴！"

但贾巴既没有停下来，也没有躺下。它把鼻子扬得老高，发出一声长长的、尖锐的吼叫声。它不顾波米的命令和看到它逃跑的其他驯象师的惊叫声，大踏步地冲进森林。波米看到命令毫无用处，就一次又一次地用象刺猛烈地抽打贾巴。

但贾巴似乎没有任何感觉。它似乎完全忘记了波米、忘记了它接受的训练，不，它已忘记了一切。此时，它只有一种强烈的欲望，听从野外的呼唤。

它正拉着原木在树林中疯狂地奔跑，突然碰到一棵巨大的红木。沉重的铁链绷得更紧了。接着,随着巨大的弓弦般的呜呜作响,只听砰的一声,贾巴身上的挽具断裂,掉在了地上。

摆脱束缚的贾巴加快了速度。波米已无物可抓,他感到自己在向后滑。他试图抓住贾巴脖子上巨大的皮肤皱褶,也只是徒劳。他依旧无助地大喊大叫,更加频繁地挥动着象刺。

波米终于从贾巴背上摔下,趴在地上,不停翻滚。

他迅速跳起,猛追大象时,早已泪流满面。他痛苦地抽泣着,看见贾巴在树林里乱跑,在疯狂的奔跑中摔倒又爬起,折断了许多树枝。"贾巴!"波米大声喊道,"贾巴,回到我这里来。回来,贾巴!"他一边喊一边全力奔跑。

但是贾巴不会再回来了。它像风一样在森林里疾驰,很快就完全消失了。

波米仍然在后面追赶着贾巴,苦苦哀求贾巴回来。最后,他发现一切都是枉然。波米的双眼被泪水完全遮蔽了,脸涨得通红,瘫倒在地上。他受伤了,彻底失望了,陷入了极度的痛苦之中。他躺在地上很长时间,不停地哭泣,好像他的心已碎了。

他像兄弟一样爱过的贾巴走了。它不管不顾波米了,忘记了他们几个月的相处和深厚的情谊,回到了它来自的森林。

波米彻底绝望了,觉得他今生再也见不到贾巴了。

森林小矮人

贾巴一连跑了好几英里,片刻不曾停留。途中遇到了一条宽阔的河流,它毫不犹豫地跳进河里,游了过去,留下两只正在洗澡的河马惊愕地瞪大了眼睛。

终于,它找到了象群,在青翠的含羞草丛中平静地觅食。这是一个相当大的象群,大约有七十头,各年龄段皆有,它们毫无疑问地接纳了贾巴。见它靠近,它们只是惊讶地抬起头看了它一眼。贾巴略有失望,它原以为有几头脾气暴躁的公象会站出来,挑战它贸然闯入,跟它来一番搏斗呢。

结果没有,野象们只是暂停了一会儿进食,看了看它,嗅了嗅它身上的气味。然后,它们继续进食,好像什么也没发生。贾巴知道它被接受了。象群的首领是一头体型巨大、满脸皱纹的公象,它甚至没转身看它一眼。

贾巴加入了它们,成为它们中的一员,非常高兴。只有一件事令它困惑。日复一日坐在伐木小路上的黑皮肤小伙子走了,贾巴为此感到有些遗憾。它再也听不到"Umbadu, Umbadi,

Umbado"这首古雅的圣歌了。它再也听不到"Enda!""Lala!"和"Guia!"这些欢快的命令了。当驯象师引导他们的野兽沿着小径前进时,他们的欢呼声已经一去不复返了。尤其是在晚上,贾巴感受到它回归后的生活有些陌生。几个月来,它每晚都被绳子拴在树干上,绳子在它的后脚踝上留下的圆形勒痕,是那么光滑、闪亮。

现在,当夜幕降临时,无论是和象群一起睡觉,还是穿过漆黑的森林,它都像风一样自由。

这种自由多么令人愉悦啊,然而,大象贾巴的内心始终有一种莫名的空虚感。也许是它渴望再次听到那个小伙子轻柔、平静的声音,尽管他一边说话一边将它的后脚踝拴在树上过夜。也许是它错过了那只黑皮肤的手,这只手曾常常抚摸它的鼻子,然后掏出一根又甜又多汁的甘蔗喂它,并附在它的耳边低声说着傻话。

它不时困惑地摇着头,没有了小伙子的重量,它的头似乎轻松了许多,但总觉得不那么平衡。偶尔,它停下来休息时,竟然期望能听到伐木小路上熟悉的铁链叮当声。

但是贾巴已经回归了荒野,随着日子一天天流逝,它逐渐将那段训练、劳动和屈服于人类的时光掩埋在了记忆深处,任它日益模糊。现在对它来说,那段时光只不过是一场短暂的梦。它是一头野象,就该和一群野象生活在一起,一起在森林里四处旅行。不久,它就不再怀念那个黑皮肤的男孩,不再去想那个轻柔的声音,不再去想那双爱抚它的鼻子的手。

在首领的带领下,象群在森林中沿着不规则的路线前进。它们从来没有固定的目的地。它们所寻求的只是良好的觅食地和经

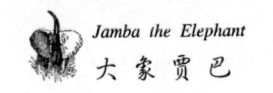

Jamba the Elephant
大象贾巴

常在水中嬉戏玩耍，再有的就是能随心所欲地漫步。

它们大部分时间都在吃东西，因为一头体型巨大的大象必须消耗大量的食物才能生存。它们既不吃肉，也不攻击其他动物，只是平静地走自己的路，它们以嫩叶和树枝为生，用象牙挖多汁的根。奇怪的是，几乎所有的大象都用左侧的长牙来挖根，所以许多大象的左边的长牙明显比右边的短。

一天，正值太阳最烈之时，整个刚果酷热难耐，象群来到一条竹林环绕的溪流，在凉爽的水中游泳和玩耍。有好几个小时，它们用鼻子互相喷水，喷得水花飞溅，尽情享受这项娱乐带来的巨大满足和快乐。不久，它们又饿了，纷纷散乱地四处寻找食物。

贾巴是最后一头从游泳池里爬上来的大象，它玩得太开心了，不愿意停下来。当它开始追赶其他大象时，突然，它听到了一声尖锐的吼叫声，它立刻辨认出，这是一头小象在危险中发出的求救声。

贾巴转身朝着叫声的方向跑去。声音似乎是从溪流里传来的，但比它们玩耍的地方稍远一点。它迅速穿过灌木丛，来到了溪流边。

它一眼就看出了事情的缘由。一头上了年纪的母象，可能出于对自己孩子安全的担忧，离开象群，来到溪流的另一段玩水。不幸的是，它碰巧来到淤泥深不见底的地方，被深深陷了下去，无法挣脱。贾巴发现它时，它的腿已完全没入了淤泥中，肚子正在下沉。

它几乎放弃了希望，这头老母象，它试图挣扎了一番，只是成功地让自己陷得更深。当死亡无可避免地降临时，它怀着所有野生动物都有的奇怪的宿命论,静静地等待着淤泥将自己吞没。

但小象没有认命,尽管它早已吓得魂不附体,它还是拼命地发出了尖锐的呼唤。当贾巴赶来的时候,看到这头小象还很小,皮肤上还略带着婴儿特有的粉红色,正在岸上惊慌失措地尖叫,却束手无策。这头小象害怕冒险接近它的母亲,在可怜的焦虑和悲伤中来回踱步。贾巴慢慢地走向那头几乎半沉的母象。它像在乌木沼泽地中那样小心地试探自己的脚,一步一步地走近。

母象看见了它,原本因绝望而变黯淡的眼神立刻又充满了生机。它又开始扭动起来,但它已经耗尽大部分的力气,此刻再也无法动弹。

贾巴已走得够近了,它就在附近。但它脚下的泥土又软又滑,所幸的是更深处仍然相当坚实。它向母象伸出象鼻,母象也向它伸出鼻子。两条鼻子相触并锁在一起。

贾巴时刻留意着自己的脚步,开始用力拉。它知道它必须慢慢来,只能一次一点。它唯恐不但没能救出母象,反而把自己也搭了进去。

在贾巴的拉动下,那头母象的脚借助软泥,一点点地站了起来,两条象鼻紧紧地绷着,绷成了一条充满活力的肌肉直线。

不久,母象的双腿映入眼帘,接着是膝盖。最后,随着贾巴的巨大拉力和母象英勇的冲刺,伴随一声柔和的长叹声,母象终于挣脱了束缚,虚弱地爬上了河岸。

小象立即跑向它,笨拙地又哼又跳。贾巴转身离开去追赶象群,母象和小象紧跟着它。在几天的进食和休息之后,母象很快恢复如初。显然,贾巴救出的不是一头象,而是两头。

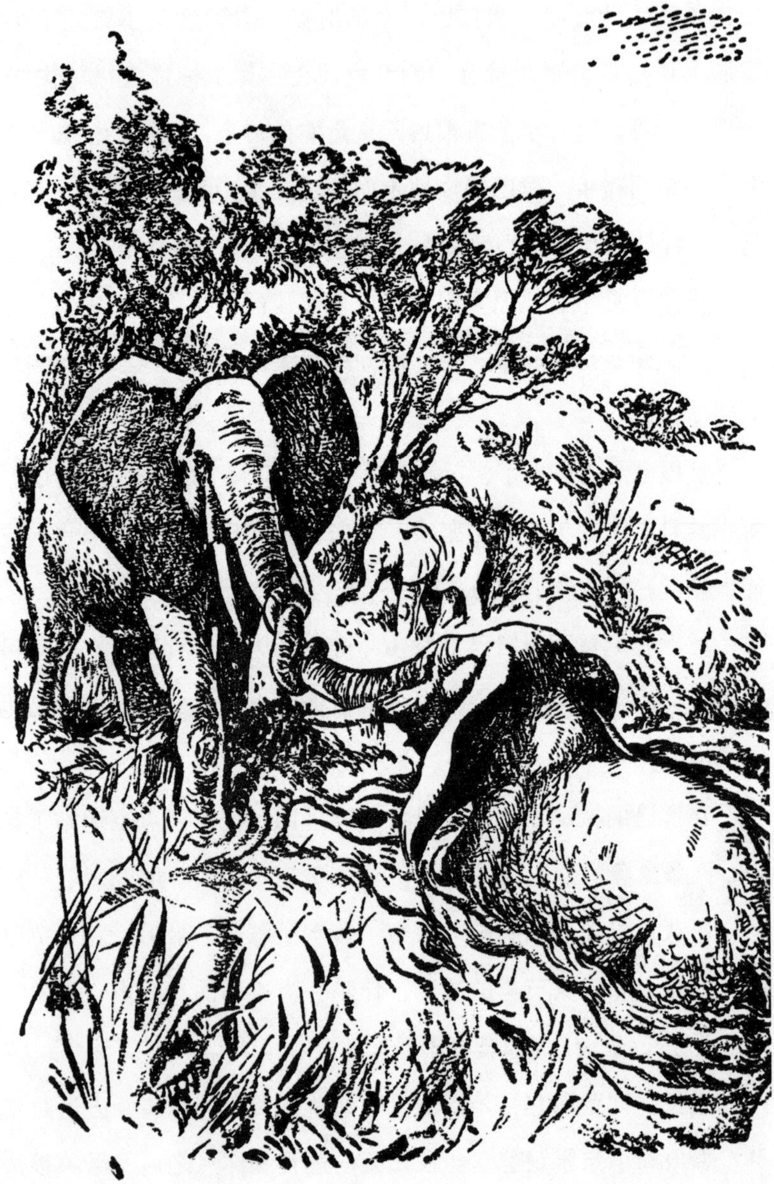

随着时间的推移,贾巴的体型和力量日益增强,它那半长的獠牙也越来越粗了,从嘴里伸出的距离也更远了。不过它的成长相当缓慢从容,当然,它所有的同类也如此。对于一头可能活到一百五十岁的大象来说,成长就是一个不慌不忙、毫不起眼的过程。然而,贾巴还得大幅度长大,才能达到象群首领那样的巨大体型。大象的成长如此缓慢,以至于当一个人出生、成长、生活、老去的时候,大象只是刚成年。

时间对于贾巴来说,除了变得更强壮和更聪明外,似乎再无其他意义。但是,它和其他任何一头大象没想到的是,它们正缓慢地行走在它们最危险的敌人——俾格米人的村庄附近。

一天下午,象群正在安静地进食时,敌人的打击突然降临了。象群散得很开,各自在原地悠闲地进食,或挖树根,或撕扯树枝。贾巴跑到一边忙着咀嚼含羞草,它不远处是一头成年公象。

贾巴第一次察觉到了异常情况,它警惕地发现它左边不远处的一棵树边有一个黑色斑点在移动。随后,它眼睛的余光又发现另一个黑色的移动斑点,接着又有一个。它转过身来,四处搜索,又什么也看不见。它的耳朵迅速向外弯曲,但什么也听不到。难道刚才只是幻觉?

就在这时,在贾巴附近进食的那头成年公象发出了一声狂野、惊恐的尖叫。

它惊慌失措地转动身体,看到那头公象正在遭受攻击,但攻击的方式非常荒谬可笑。一群身材瘦小的黑人——瘦小得令人难以置信,他们正簇拥在公象周围,跳到它的腿上,手中挥舞的武器在阳光下闪闪发光。公象回过神来后,开始奔跑。一些小黑

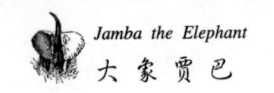

Jamba the Elephant
大象贾巴

人甚至紧紧抓住它移动的后腿，骑着它们，一次又一次地挥舞着武器。

贾巴看得目瞪口呆，对这种侵袭感到无比恼火，但它坚信那头公象会照顾好自己的。这些小小的、黑皮肤的小动物怎么可能伤害得了一头大象，它只需抬抬四肢，就能把他们踩成肉酱。

然而，当贾巴看着那头公象一瘸一拐地走着，不时发出痛苦的尖叫声时，它知道自己已身陷困境。公象成功地抓住了其中一个小黑人，狠狠地把他扔到了一棵树上。但它越发步履蹒跚，更多的小黑人围着它飞奔。突然，那头公象哗啦一声栽倒在地上。它大声尖叫着，试图重新站起来，但不知何故，它再也站不起来了。小个子黑人依旧在它周围飞来飞去，像幽灵一样。

贾巴被激怒了，正要去帮助它的同伴时，突然，它被身边的轻微沙沙声分散了注意力。它以闪电般的速度旋转。与此同时，它感到脚踝一阵剧烈的灼痛。

它看到小个子黑人正挥舞着手中的武器。贾巴猛地横扫它的鼻子，把他从地上抓起，举起来抛向空中，落到五十英尺以外。但是更多的小个子黑人朝它跑来。贾巴发现这里躺着一张它无法理解的邪恶的人群织就的网，便拔腿而逃。

很快它就脱离了危险。但每走一步，它的前脚踝就传来一阵灼痛，它痛苦地咕哝着。

俾格米人的盛宴

比祖河畔附近的俾格米人村庄是一个在世界上绝无仅有的地方。这里只有八到十间小茅房，用简陋的树木和茅草搭建而成，肮脏得让人不觉联想起腐烂的味道。

俾格米人由一位酋长领导，他们称他的名字类似布瓦姆（Bwam）。但也不完全是布瓦姆，因为俾格米人不会真正地说话，也没有真正的语言。他们只是通过最原始的声音来相互交流，比如喉咙沙哑的咕噜声，不同音调的尖叫声，以及舌头的咔嗒声。

布瓦姆酋长和其他所有俾格米人一样，身高不足四英尺。和他们一样，他也从不洗澡，也从不注意自己的气味，因为他已经习惯了。这些俾格米人都很害羞，对班图原住民很警惕——后者看起来很可怕。他们在森林里觅食，以躲避陌生人的靠近。但是，尽管他们很胆小和害羞，从某些方面来说，他们是森林里最可怕的猎人。他们活着只是为了吃饭和睡觉。在他们眼里，整个刚果最美味、最营养的就是象肉。

没错，他们也有弓和箭，但都很小巧，他们能熟练地射杀羚

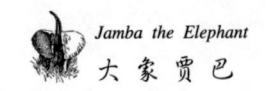

羊和斑马。他们之所以吃羚羊和斑马,是因为象群并不总是出现在他们附近。

他们会很开心地从一整群羚羊旁边经过,去围捕一头大象。这一天,布瓦姆酋长的三十名矮小战士中的每一个人都眼冒金光。因为一直在放哨的观察者在日落方向不远处发现了一群大象。布瓦姆和他的手下已准备好,即将出发去狩猎了。

每个战士都携带一把弯刀作为武器。俾格米人用粗铁制成镰刀状刀片,并把它们磨得像利剑一样锋利无比。在布瓦姆酋长的带领下,他们鱼贯进入森林,朝着他们知道的象群正在进食的地方前进。

森林中的侏儒就是这些俾格米人,在许多方面他们更像动物而不像人。他们走路时,可以做到几乎不发出任何声音。他们可以很快地穿过由攀缘植物和藤本植物交织而成的网,这种网连豹子也望而止步。他们可以像黑暗的幽灵一样藏在树木和灌木丛后面,或者只是蹲在阴影中。

在布瓦姆酋长的带领下,他们在靠近象群时放缓了脚步。他们看到两头大象远离其他大象,在不远的边缘处觅食。一头是贾巴,虽然他们不知道它的名字,另外的是那头成年公象。

他们把成年公象作为猎物,当然如果他们能捕杀贾巴,那就更好了,只是风险要大多了!

他们走近时,公象毫无防备。他们狡猾地迎风而行,公象又怎能意识到一个它听不见、看不见、闻不到的敌人的到来呢?

它不知道,他们已经包围了它,就躲在树叶后面。当布瓦姆酋长发出鸟叫一样的信号时,他们立即飞速跑出,在公象反应过

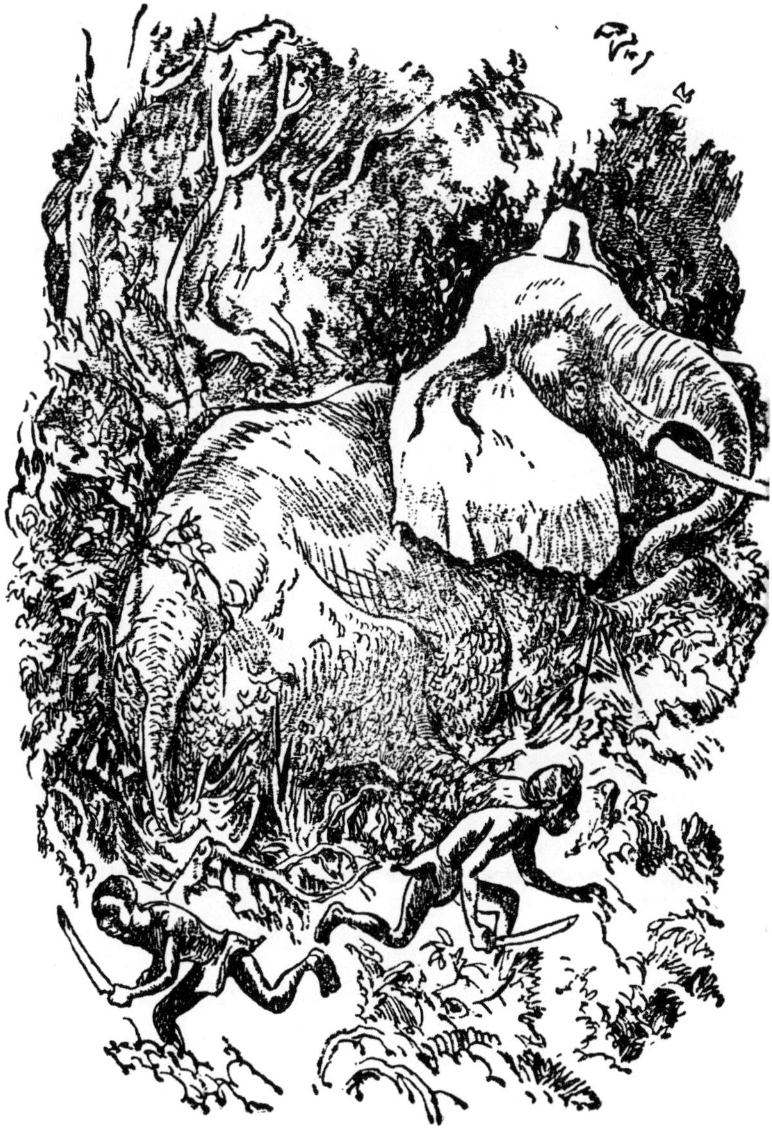

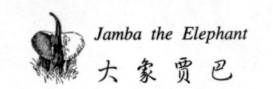

Jamba the Elephant
大象贾巴

来之前就围住了它。他们完全不爱惜自己的生命，直奔大象的大腿，用镰刀般的小刀割大象的脚踝后面。他们很清楚，脚踝后面有肌腱，它们控制着象脚的行动。如果他们能割断一根肌腱，这只巨兽就会瘫痪，最终无法行动；如果他们能割断几根，它就会无助地栽倒在地上。

这些矮个子人在大象肚子下面跑来窜去，挥舞着武器，试图躲开这头发疯的野兽的鼻子。公象开始奋力反击，但他们紧紧抓住它的腿，仍然用手臂挥舞着刀猛砍着。虽然他们中的一人被公象抓住，用力扔到了树上，重重摔下，当场头骨粉碎，但这丝毫没阻止他们停手。

当一场大象盛宴即将到来时，死一个人有什么关系呢？

最后，那头断了两根肌腱的公象重重地摔倒在地上，但它仍挣扎着用自己的鼻子反击，并打伤了另外两个俾格米人。几个俾格米人残忍地将刀子刺入它的脖子。一时血如泉涌，公象最终流血而死。与此同时，其他一些俾格米人试图包围贾巴。但是贾巴及时收到了同伴的警报，把其中一人扔到了地上，让他失去知觉，然后及时逃走了。

俾格米人似乎很有哲学精神。他们杀死两头大象中较大的那头就很满足了。一名俾格米人跑回村庄向妇女和孩子们通报消息。很快，布瓦姆部落的每一个成员——不论男人、女人和孩子——都围在那头大象周围，看着它脖子上的伤口流出鲜红的血液。所有人都在期待中轻抿着嘴唇。

最后，当这头倒下的野兽完全死去，连鼻子都不再动弹一下之时，布瓦姆走到它跟前，爬上它的身体，坐在它的肋骨上。

他举起刀子,在空中挥舞着,每个族人都痴痴地盯着他。他把刀猛地插入大象的一侧,然后游刃有余地开始分割那尚有余温的肉,尽管它的心脏依旧在微弱地跳动。

布瓦姆一边把肉切成大块,一边把每一块都递给他的每一个战士。战士们吃饱了,他就给妇女和孩子们吃肉。

这些俾格米人吃着鲜红的生肉,带着原始的野蛮,津津有味地吃着,还不时地贪婪地咕哝着。他们丝毫不理会死去的战士,任他躺在倒下的地方。至于那两个伤员,他们一边痛苦地呜咽着,一边啃着肉,就这样算了。

直到那头大象被完全吃掉,骨头上的肉一点儿也不剩,这些俾格米人才会离开此地。在宴会结束之前,这就是他们的家。他们吃到再也吃不下,然后席地而睡,直睡到饥饿再次来袭。他们饿醒了,就接着吃,狼吞虎咽,吃得几乎喘不过气来,之后又昏昏沉沉地睡去。

整个俾格米村的人都参加了这场盛宴,要吃掉这头大象也得花一个星期的时间。尽管热带的湿热天气很快就会使肉变质,让它的臭味弥漫整个森林,这丝毫不会让俾格米人感到不安。事实上,这正是他们野蛮的天性,也许肉在变质后,对他们来说似乎味道更美。这是他们的父亲在他们之前所做的,也是他们父亲的父亲所做的……

他们活着是为了吃,当他们杀死一头大象时,他们更加拼命地吃肉,吃得个个几乎快要撑死了。

与此同时,远在森林中的贾巴陷入了极大的困境。它的脚踝疼得太厉害,几乎跟不上象群;最后,它实在无法再忍受这巨大

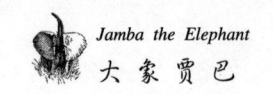

的疼痛，疲惫不堪地退出了象群，躺在地上让它那饱受折磨的脚得到恢复。

一天，它独自痛苦地躺在那里，热切地盼望有人能治愈它的脚伤，以便它可以站起来，重新加入象群。

每当它试图站起来时，巨大的疼痛如期袭来，它不得不发出一阵痛苦的呻吟声，又迅速地摔倒。

此时，贾巴内心充满了前所未有的真正的恐惧。也许这个伤口永远不会愈合？当真如此，它明白，这里就是它的坟墓了。

因为如果它不能走路，就吃不到东西。如果它吃不到东西，它只能无助地躺在那里，直到饥饿降临，肋骨逐渐戳破它的皮肤，贪婪的红蚂蚁成群结队地在它身上聚集。

有一段时间它完全陷入恐慌中。它两次拼命地站起来，结果都只是发出一阵痛苦的哀嚎，再次摔倒在地。

突然，它明白了它该怎么做了。它必须一动不动地躺着，即使饥饿无情地摧残它的身体，它也只能静静地躺着，要么撑到脚踝痊愈，要么提前饿死，无论哪个先到，它能做的也只有等待。

它凭借顽强的意志力苦撑着，一动不动地又躺了一天。是脚踝的疼痛减轻了，还是只是感觉麻木了？它不得而知。它又耐心地等了一天。这天，它还用强有力的吼叫声吓退一只妄想偷袭的豹子。

当早晨再次来临时，贾巴终于站了起来。它拖着那只受伤的脚，踏地小心翼翼地试探了一下。

只是有点疼！

贾巴大喜过望，此时，早已饥肠辘辘的空腹在呱呱叫，它一瘸一拐地走到附近的含羞草跟前，狼吞虎咽地吃着，它从未像今天这样贪婪地吃过。它一直在吃，直到体力恢复为止。然后，它把鼻子贴在小径上，探寻象群方向，一路尾随过去，直到追上它们。

贾巴从来不知道它还能活着是多么的幸运啊！当俾格米人的小刀割在它的脚上，划破它的皮肤，划伤脚踝时，并没有割断重要的肌腱，否则贾巴会一直躺在那里，直到死去。

再次驾驶

在宁静的博农加村，伊桑加的儿子波米变成一个年纪更大也更悲伤的男孩。自从那邪恶的一天，吼叫声把贾巴从一个温顺的仆人重新变成一头野兽，把它送回森林，它再也没有回来，一晃过去了好几个月。

是的，好几个月过去了，但波米始终无法忘怀。他怎么可能忘记呢？贾巴，他用自己的机灵和技巧训练过的大象，就是为他而来的。贾巴，他几乎像兄弟一样爱它啊。

伊桑加仍然在森林里监督伐木。波米知道，这项工作仍在一如既往地进行。但在贾巴背叛之后，波米就回到了博农加。

他在伐木营地还有什么用呢？驯象师只是他所训大象的主人，而不是其他任何野兽的主人。没有大象的驯象师就像没有王座的国王。

波米别无选择，只能返回博农加。他痛苦地知道，在下一次驱赶大象之前，他再也不能当驯象师了。然后，他狠狠地发誓，他要再弄一头野兽，决不会让它离开。

伊桑加在难得的回家假期中，试图安慰失望的儿子，但徒劳无功。他看到波米陷入深深的自责中，他知道有些人认为，驯象师让大象逃走就是驯象师的耻辱。被称为"大象的兄弟"的他对此更是深有体会。

"这不是你的错，孩子，"他坚持说，"我从一开始就看出贾巴是个桀骜不驯的家伙。记住它对贝卡尔的所作所为。别忘了，贝卡尔是所有驯象师中最棒的一个。哦，不，我的孩子，你应该认为你还能活着是幸运的。很快就会有另一次猎象行动，那时你可以挑选一头新的大象来训练。"

波米很快兴奋地转过身来。

"马上又要狩猎大象了吗？真的吗，爸爸？"

伊桑加点点头。"我今天刚和布瓦纳·布里莱特先生谈过此事，他明确告诉我了。在营地工作的一些年迈的大象，似乎对它们的工作越来越力不从心了，毕竟现在从沼泽地到铁路的路程是以前的两倍了。我们需要更多强壮的大象。"

几个月来，波米第一次满怀期待地笑了。又一次猎象，很快！

他曾担心，要等好久才能得到另一次机会。

"多久，爸爸？"他乞求道，"多久？"

"这取决于布瓦纳。但我想可能在两周内吧。"

波米欣喜若狂。两周时间很长，但他可以等待。两周后，他将和成百上千人一起待在森林里，躲在树后，驱赶一群大象，其中一头最终将属于他！

自从在伐木营地生活后，波米已厌烦自己在博农加的单调生

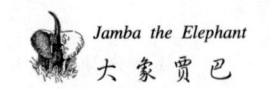

Jamba the Elephant
大象贾巴

活。他厌恶村里的其他年轻人对他的诽谤，说他放走了他的野兽。这些小伙子从来没有触碰过一头野生大象的鼻子！波米为此和他们打了多次架，当他们总是落荒而逃时，他们不得不停止对他的嘲弄。

贝卡尔是波米曾经不喜欢的弯腿驯象师，但他很善良。他和波米一样，现在也是一个没有大象的驯象师，耐心地等待下一次驱象行动。

"放心吧，小伙子，"贝卡尔安慰道，一如既往地叼着他那臭气熏天的烟斗吸着烟，"你和那个贾巴待在一起那么久已经很不错了。看看我——我还没训练它呢，它就把我的胳膊弄断了，就像折断了一根树枝似的！"

有一段时间，波米一直在大象训练场周围徘徊，喂养和照顾利奥波德国王和杜卡，它们被放在后方，供政府专员和其代理人布里莱特先生使用。利奥波德和杜卡相当温和友好，但它们不是他的大象。训练场空无一人，寂静无声，曾经被踏得黑乎乎、光秃秃的地面如今已杂草丛生，只是没有鲜活的生命，没有锁链的叮当声，没有打破寂静的狂野吼叫声。

最后，布瓦纳·布里莱特先生很清楚波米的不幸，也知晓他的坚定和智慧，便聘请他为政府的信使。这项工作让他在当地人中获得了一些尊严，因为他经常向周围的村庄传递非常重要的信息。尽管这项工作让波米整天忙得团团转，但依旧没有完全消除他内心深处的痛苦和懊悔。因为他只能携带着信息徒步行走。他，一个熟练的驯象师，伊桑加的儿子，只能徒步穿越森林！这是不合适的，他知道，除非拥有自己的大象，否则他再也不会获得真正的满足了。

日子一天天过去。一天，布里莱特先生放下手中一直摇着的扇子，看着烦躁不安的波米咯咯笑了起来。他以一种特有的手势捋着小胡子，宽容而幽默地凝视着这个年轻人。

"你太烦躁了，波米，"他说，"你总是坐立不安，好像站在滚烫的岩石上。伊桑加告诉过你马上就要驱象了，是吗？"

"是的，布瓦纳先生，"波米回答，"他返回伐木营地之前告诉我的。"

"你烦躁不安是因为你想知道驱象行动什么时候开始，不是吗？"

"是的，布瓦纳先生，"波米承认，"就是这样。"布里莱特把头往后仰，愉快地笑了起来。"我以上帝之名发誓，波米，你的血管里流淌着大象的血！自从那个恶棍贾巴挣脱它的后腿逃走了后，你就像枯萎的花朵一样变得无精打采了。因而你想要另一头大象，是吧？你渴望说'前进'就让它往前走！是吧？"

"是的，的确如此，布瓦纳先生！"

"那么，让我告诉你什么时候开始猎象行动吧……"他调皮地笑了笑，停了下来，看着一脸焦急的男孩。

"求求您了，布瓦纳先生，什么时候开始？"波米哀求道。

"明天就要开始了！对你来说够快了吧？我一直在组织这次行动，一切都准备就绪了。"

波米阴郁的脸庞一下子开朗起来。布里莱特又笑了起来，以至于他的脸涨红了，额头上冒出了汗珠。这位善良的白人男子来自遥远的比利时，他对伊桑加这个瘦弱的儿子有着父亲般的关怀，

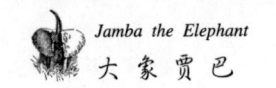

Jamba the Elephant
大象贾巴

他是如此痴迷大象，以至于他对其他任何东西都不感兴趣。波米兴奋得整个下午都坐立不安，然后就回家了。伊桑加将领导一个观察小组，后来又全权负责猎象行动。黄昏时分，他从伐木营地回到家里，立刻注意到儿子的兴奋之情。"波米，"他说，"现在你已经长大了，能照顾自己了，尽管现在人们看着你，还不太相信。听我说，你想要一头大象，这没错。你也应该得到它。但首先我们必须找到一个象群，然后我们必须把它赶进围栏里，在这之前可能会发生很多意外。别忘了驱象可能十分危险。千万别让兴奋冲昏了你的头脑。"

这些话，波米之前听过许多遍，他也一直铭记于心。此时，他隐隐地厌恶它们，因为他不再是个孩子了。难道他没有训练出一个其他人无法驾驭的大象吗？难道他没有骑着大象带着铁链的叮当声走在伐木小径上吗？

第二天一大早，他随着父亲伊桑加的观察小组离开了。时间太早了，天空依然漆黑一片，露水也很凉。一整天，他和他的父亲以及其他六个人散布在森林里，四处寻找象群踩过留下的脚印。

第二天，他们发现了一个看起来很有希望猎捕的象群。伊桑加检查这条小径，注意到了脚印的数量，并抬头查看有多少树枝被进食的大象折断。

他满意地笑了起来。"这是一个相当大的象群，"他喃喃地说，"我想至少有六十头，他们离博农加也不太远。那会很方便。"

他们跟着足迹追踪，在当天结束之前，就已经接近了象群。他们在隐蔽处小心翼翼地移动，并透过散落的树木窥探大象，伊桑加仔细打量着它们。

太好了——应该有七十头大象，其中至少有八九头适合训练。也许有更大的象群，但这个象群值得去追逐。

第二天，驱象行动就开始了。六十人从博农加赶来，超过五十人从其他村庄成群结队地奔来。很快，伊桑加让他们在首领的领导下组织起来，给了他们明确的指导，并把他们分派到象群周围，分散在U形队形中。

乌林吉，那个聪明的建筑师，已在十英里外的地方新建了一座围栏。随着伊桑加发出第一声"哦——嘿！"漫长的驱象旅程开始了。

波米处在U字队形左侧很远的地方，博农加的一些驱象人分散在他的两侧。几天来，U字队形行驶平稳，除了偶尔发生的事故外，几乎没有任何意外。有一次，象群疯狂地逃到一边，危及了几个人的生命，庆幸的是，它们及时掉头转变了方向，大家虚惊一场。象群再一次受到突如其来的惊吓，朝着错误的方向跑了几英里，然后又停了下来。不过，这些事情都是意料之中的，因为即使是有"大象的兄弟"之称的伊桑加也无法准确预测，象群在反复受到怪叫惊吓时会做什么。

经过三个星期的努力，他们接近了目标，象群离围栏只有几英里远了。乌林吉和手下早完成了围栏，正静候象群的到来。驱象行动一直平稳地进行着，眼见一天后就能结束。

最后一天激动人心的时刻到来了，围栏已近在眼前，一件奇怪的事情发生了，在这之后，但凡博农加人讲故事，都会讲起这件事。就在U字形队伍逼近，试图把动物挤成一团，推动它们一起涌入通往围栏的漏斗状小径时，波米那边有两头大象，已经远

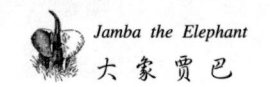

远脱离了象群，丝毫没有再跟随象群的意愿。波米不停地敲打着树干，发出驱赶的信号，两边的人也是如此。就在此时，他右边的一个黑人犯下了致命的错误。他急于把野兽赶回象群，竟然一瞬间走出了掩体。

这个人就是贝卡尔，一个拖着一条弯腿的老驱象人和驯象师，波米对他的真诚产生了好感。

两头大象一下子看到贝卡尔。它们立即怒气冲冲地举起鼻子，发出刺耳的吼叫声，直接向他冲去。

贝卡尔吓得几乎瘫痪，他立即跑向一百步外的一片猴面包树林。但是贝卡尔已经不再年轻了，而且他的一条腿已残，速度已有所下降。波米惊恐地看着这一幕，回过神来时发现自己也身陷困境了，毕竟他紧挨贝卡尔。他已无法逃脱了，疯狂的大象冲过来后就会发现他，追上他，撞死他，碾碎他。

绝望的波米转过身，靠在树旁凝视着冲锋的野兽。它们即将冲到他的跟前，虽然它们暂时还没有看见他，也没有怀疑他的存在。但在经历了二十多天的怪声惊吓后，它们早已被激怒，神经紧绷，它们的眼睛只盯着贝卡尔，以为贝卡尔以它们为食——像俾格米人那样。

突然，波米被眼前所见惊得目瞪口呆，他的下巴都快惊掉了。这是真的吗？左边那头漂亮的公象多么像贾巴啊！

波米使劲睁大眼睛，他仔细辨认了一番，确定它就是贾巴！

大大的耳朵，漂亮的锯齿边缘，熟悉的眼角皱纹，肩膀上长长的伤疤……它们都在，但即使没有这些明显的标记，波米也能一眼认出它。

的确是贾巴!

波米的大脑飞速转动着,各种想法被很快归一:除非有奇迹发生,善良的老贝卡尔一定会被大象杀死。

当村里的许多人都嘲弄他时,他想到了贝卡尔对他的安慰和理解。

他想到了贝卡尔的女人和他的六个孩子。他想到了贾巴。

但贾巴不再是他的大象了,它已是一头凶猛的野兽,内心充满了杀戮……现在做什么也来不及了。

刹那间,波米有一种不顾一切的冲动,觉得有些事情必须做。不知何故,他非常相信贾巴会记住他,不会伤害他。他平静地从树后走出,仿佛一脚踏进了死亡的深渊。死神已从他的掩体里跳出附在他身上了,他竟然主动让两头猛兽发现自己。"贾巴!"他用清晰而温柔的声音说,"贾巴,躺下!躺下!"

但贾巴并没有躺下。这两头并排奔跑的大象同时看到了波米,当即不顾贝卡尔,转身向波米全速冲来。

波米浑身颤抖,额头上冷汗直流。恐慌瞬间袭击了他,一个生与死只在几秒钟后就会被判定的人,此刻所面临的是冰冷而麻木的恐慌。如果贾巴不认识他,他就彻底完了。

但贾巴那双愤怒的小眼睛里,似乎丝毫没有认出他的神情。波米准备爬上他一直站在其后的那棵树。这是最后一个万不得已的办法了,在大象撞断大树之前,他还有几分钟的安全。波米虽然双腿无力地颤抖着,但在确定自己彻底失败之前,他不想爬上那棵树。

"贾巴!"他依旧疯狂地喊道,"阻止它!拦住它,贾巴!"

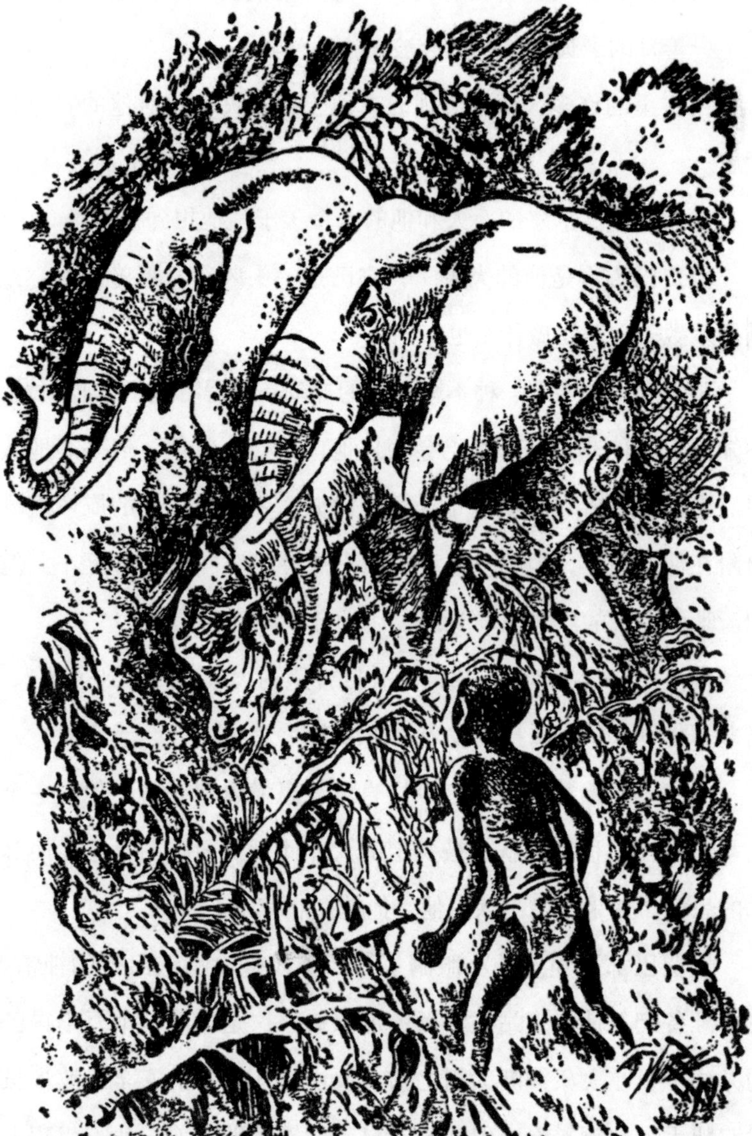

就在此刻，正当波米绝望地准备爬到树上时，他惊喜地发现贾巴身上发生了变化。

也许那对宽阔的耳朵，因为暴怒而失去了听觉，但那根竖起的鼻子突然垂落了下来。

"是我，你的驯象师！"波米疯狂地喊道，"救救我，贾巴！"

突然，贾巴转过身来，迅速将它的同伴推到一侧，让它偏离了冲刺路线。这两头野兽从波米身边呼啸而过。距离如此之近，波米几乎可以伸出手触碰到贾巴。然后，贾巴举起它的鼻子，朝另一头公象的头猛抽了一下，像鞭子一样抽得那头公象噼啪作响。那头公象感到非常困惑：贾巴到底为何这样做？它不明白。有好长一段时间，它傻傻地站在原地，鼻子一动不动，好像在想是否参加战斗。

然后，它极度不满地哼了一声，小跑着穿过树林。它已经逃离了围栏，但这没有什么区别，毕竟它太老了，无论如何都无法接受训练了。

波米因极度的焦虑而虚脱，他看到贾巴转过身来，慢慢地向他走来。波米知道他赢得了这场生死赌局的胜利。他坚守自己的阵地，再次发出了严厉的命令。

"贾巴来接我！"

贾巴竟然跟以前一样，温顺地走上前，伸出它的鼻子，轻轻地卷住波米的腰，把年轻人放在它的背上。

"前进！"波米说，他的心已乐开了花。他把野兽带到贝卡尔所在的树下，他仍然心有余悸地坐在树枝上。

眼泪从老贝卡尔的脸上哗哗流下来。"波米，"他啜泣着说，

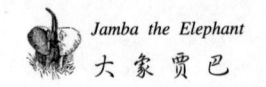

Jamba the Elephant
大象贾巴

"我该怎么感谢你呢？我——我当然以为你必死无疑了。波米，你今天所做的事此前从未发生过，而我有幸亲眼目睹了！贾巴回到了你身边——我亲眼看到了！"

"别谢我，贝卡尔，"波米高兴地说，"我现在已经很开心了。现在，剩下的大象一定都在围栏里。去那里告诉我父亲发生了什么事。我要骑着贾巴回到博农加！"

荣誉勋章

篝火在博农加政府大楼附近开阔的空地上熊熊燃烧。班图部落的人围着它跳了大圈舞，先是朝一个方向旋转，然后是朝另一个方向。在他们后面是鼓手，他们用手掌敲击着大鼓，鼓声响彻森林。在鼓手的后面，村里的每个妇女和孩子都张着大嘴站着围观，不时地随着鼓点的节奏摇摆着。

这是一个盛宴、舞蹈和庆祝融于一体的夜晚——博农加从未举办过这样盛大的庆典。

"砰——砰——砰！砰——砰——砰——砰！"大鼓越来越响，舞者们旋转得更快，黑色的身躯在跳跃的火光下一闪一闪。

这是一个欢乐的节日，因为有很多事情值得欢庆。首先驱象行动圆满完成了，人们从大象群中挑选出八头优良的大象进行训练。这个充满危险而又漫长艰苦的驱象旅程终于平安无事地结束了，驱象人又带着他们的女人和孩子回来了。

是的，驱象行动已经非常顺利完成了，而且发生了一个奇迹，它是如此令人震惊，神一定也参与了其中。

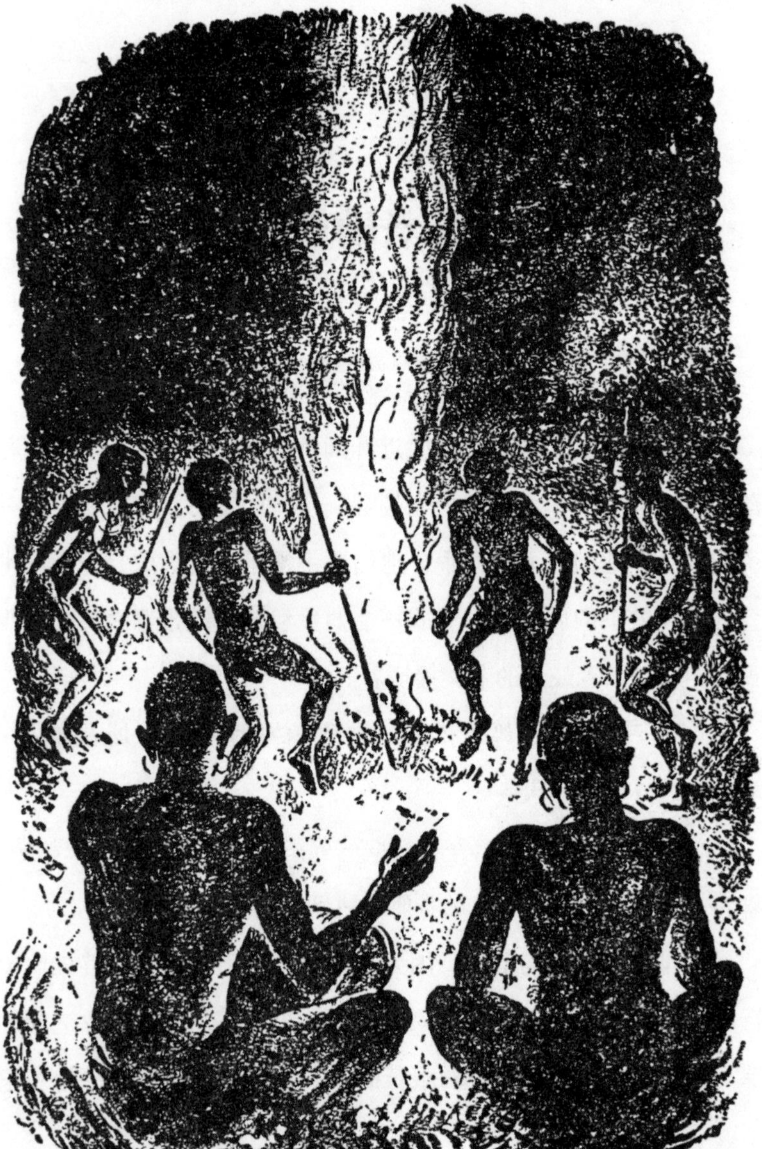

这是一个快乐的节日，也是一个重要的节日。所有大人物都在那里，甚至还有白皮肤的主人。伊桑加站在篝火旁的光荣圈里，露出洁白的牙齿，咧着嘴笑。乌林吉就在他近前，他能造出围栏，这是其他人无法比拟的。贝卡尔，一个弯腿驯象师，也在圈子里，可能是周围的大人物太多，他有点不知所措。布里莱特先生看着舞会，脸上洋溢着灿烂的笑容。博农加的每一个驯象师，每一个驱象人都在这里。

就连政府专员本人，据说是比布里莱特官更大的白种人，也在庆祝会上停留了一会儿，送上了他的祝福，然后才离开了。

波米玩得很开心，尽管他没有参加舞会。他和一些伙伴坐在光荣圈外，满意地啃着一大块多汁的烤羚羊肉，看着眼前五颜六色的盛会。过不了多久，他就会溜回家睡觉，这样他就能在第二天黎明前起床，重新认识贾巴。

贾巴，所有大象中最美者！贾巴，它没有忘记，它的爱已经超越了许多个月的分离！多么高贵的野兽啊！波米一想到它就哽咽了。

但波米并没有那么容易就溜走。

舞蹈停止了，布瓦纳·布里莱特先生站在篝火旁，向聚集的人群发表了演讲。这是一次勇敢的演讲，他特意用斯瓦希里语讲，以便每个人都能听懂。这是一场庆祝驱象成功的演讲，赞扬了他们的技巧和勇气。

布里莱特说完后，一时掌声如雷。然后，人群中发出一阵持续的高呼声："贝卡尔！我们要听贝卡尔的。贝卡尔一定要给我们讲这个奇迹！"

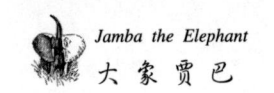

贝卡尔激动得浑身发抖。尽管他说得断断续续，不太稳定，但听众们仍然全神贯注地听着。他说他犯了一个致命的错误，在象群前暴露了自己，并为这个错误深深自责。他说，当时有两头大象向他冲了过来，他觉得他马上就要完蛋了。他噙着眼泪哽咽着说，伊桑加的儿子波米从掩体中走了出来，阻止了大象的疯狂进攻，拯救了他的性命。

"我对你们说的都是真的，"贝卡尔总结道，"这是一个奇迹！如果不是我亲眼看到，我也不会相信。但如果没有这个奇迹，如果没有波米的勇敢，我的女人和孩子们今晚将注定无比悲伤而不是尽情庆祝！"

博农加的人们为他欢呼，惊奇地摇着头。那一定是真的，贝卡尔是不会说谎的。

尽管波米已不在光荣圈内，但他还是对这些赞扬感到尴尬。他正要转身回家时，布里莱特又站起来说话了："波米，伊桑加的儿子，你在哪里？波米，你过来！"

波米飞奔离开，但周围的人看到了他。他们善意地拦住他，推搡他，直到波米不情不愿地被推到光荣圈的中间。

布里莱特站在那里等着他，脸上略显严肃。他旁边是伊桑加，伊桑加的眼睛里流露出难以掩饰的喜悦之情。

"站在这里，波米！"布里莱特命令道。

波米只有服从，人群顿时安静下来，那是他期待已久的寂静。波米站在父亲和布里莱特中间，留着胡子的政府专员代理人开始了另一场演讲。他直截了当地对波米说话，但声音洪亮，大家都能听到。

"波米,你是伊桑加的儿子。我们都认识伊桑加。我们都知道他在训练大象方面的熟练技巧,他在伐木方面的高超能力,他始终如一的睿智。不是吗?"

"耶,耶!"人群欢呼起来,"伊桑加是伟大的伊桑加,太棒了!"

"这一天,波米,"布里莱特继续说道,"你证明了自己是真正的伊桑加之子。你阻止了一头疯狂的大象冲锋,拯救了一个人的性命。你为自己披上了荣誉的外衣!"

"耶!"人群喊道,"耶,耶,耶!"

布里莱特刚才还把一只手放在身后,现在他伸出了那只手。他手中握着一根木棍,木棍已有些年头了,棍身已被磨得十分光滑,棍子的一端嵌有一个尖尖的铁头。

看到木棒,波米的眼睛一下子睁大,立即认出了它。在他还是小孩,尚未学会走路时,他曾经常把玩它。那是他父亲伊桑加——大象的兄弟——全刚果最伟大的驯象师的象刺。

布里莱特将象刺递了出去。"拿去吧,波米,"他说,"你赢得了它。你父亲伊桑加托我把它送给你。因为伊桑加现在忙于其他的工作,不能当一名驯象师了。我把它从父亲传给儿子。拿着它,波米,永远把它作为荣誉的徽章带在身边。你会像你父亲一样成为一名伟大的男人!"

"耶!"人群喊道,欢呼声几乎震耳欲聋,"波米是伟大的!波米甚至会比他的父亲更伟大!"

面对这个无与伦比的荣誉之棒,波米眼里充满了惊讶和感激的泪水,他接受了象刺,激动得一句话也说不出来。

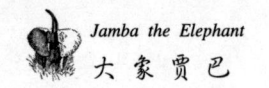

他现在只想到一件事:明天太阳一出来就去训练场。明天,他将自豪地拿着他父亲的象刺,奔向训练场。

贾巴会在那里等他……